*Elle souhaitait
à la fois mourir
et habiter paris*

〔法〕古斯塔夫·福楼拜 著　高牧 译

她既想死 又想去巴黎

中国长安出版传媒有限公司

图书在版编目（CIP）数据

她既想死，又想去巴黎 /（法）古斯塔夫·福楼拜著；高牧译 . — 北京：中国长安出版传媒有限公司，2025.6. — ISBN 978-7-5107-1171-8

Ⅰ . I565.65

中国国家版本馆 CIP 数据核字第 2025M0474T 号

她既想死，又想去巴黎

〔法〕古斯塔夫·福楼拜　著

高牧　译

出版发行	中国长安出版传媒有限公司
社　　址	北京市东城区北池子大街 14 号（100006）
网　　址	www.changancbcm.com
邮　　箱	capress@163.com
责任编辑	刘英雪
策　　划	黄　利　万　夏
营销支持	曹莉丽
特约编辑	邓　华　顾忻岳
装帧设计	紫图图书ZITO
发行电话	（010）55603463
印　　刷	艺堂印刷（天津）有限公司
开　　本	787 mm×1092 mm　32 开
印　　张	7
字　　数	112 千字
版　　次	2025 年 6 月第 1 版
印　　次	2025 年 6 月第 1 次印刷
书　　号	ISBN 978-7-5107-1171-8
定　　价	59.90 元

古斯塔夫·福楼拜
Gustave Flaubert

她想象自己坠入的是一场

波澜壮阔的命运

她渴望去旅行,
或者重返修道院。
她既想死,
又想去巴黎。

——古斯塔夫·福楼拜

Louise Colet et Madame Bovary

古斯塔夫·福楼拜

将自己的心制成标本
再把它变作文学的永恒

我多么渴望我的文字
能如惊涛骇浪，
让你心旌摇曳！

福楼拜的文学缪斯

路易丝·科莱是19世纪法国诗人、作家，两度获法兰西学院诗歌奖，与当时法国最著名的女作家乔治·桑齐名。她以美艳和才华"主导"文学沙龙，其沙龙中常常出现的有维克多·雨果、维克多·库辛、阿尔弗雷德·德·缪塞、皮埃尔-让·德·贝朗瑞等文化名人。

路易丝·科莱

19世纪的优雅舞会　维克多·吉尔伯特绘

1846年7月,二十五岁的福楼拜来到巴黎,拜访著名雕塑家詹姆斯·普拉迪埃的工作室,与正在请詹姆斯为自己塑像的路易丝初遇。

当时,福楼拜尚未崭露头角,且因确诊神经疾病放弃了法律学业,在故乡克鲁瓦塞过着隐居般的生活。而路易丝已是巴黎文学圈中的一颗明星。她的金发、白皙的肌肤与明星气质,让福楼拜为之心动;福楼拜高大的身形、深邃的目光与文学激情,也吸引了这位比他年长的女性。他们迅速坠入爱河,开始了一段持续八年的激情与矛盾交织的恋情。这段关系不仅改变了他们的生活轨迹,也为文学史留下了宝贵的书信遗产。

当文学青年遇见沙龙女王

路易丝·科莱沉思像　詹姆斯·普拉迪埃刻

> 我才刚离开你片刻,思绪就开始奔向你。

穿骑马装的女子(一说为路易丝·科莱),古斯塔夫·库尔贝绘

  1848 年,福楼拜与友人马克西姆·杜·坎普开始了为期二十个月的东方之旅。归来后,他与路易丝再度热恋,此时恰逢《包法利夫人》的创作启动——这场命运的巧合,让爱情与文学互为镜像。路易丝的美貌、热烈、幻想和痛苦,显然促成了爱玛·包法利角色的诞生。

福楼拜的《包法利夫人》创作越深入，路易丝和巴黎文学沙龙就离他越远，并日益成为他批判的对象。路易丝渴望福楼拜的陪伴，但即使她到了福楼拜住所的门口，福楼拜也不愿她久留。

1846年之后，福楼拜几乎一直在克鲁瓦塞生活。在这里，他写下了《包法利夫人》《萨朗波》《情感教育》《布瓦尔与佩库歇》……在居所花园的椴树下，过往的人们常常看见福楼拜大声朗诵《包法利夫人》的段落，对作品进行声音、节奏和流畅性的检验，以把握文稿的质量，以便让语言更流畅自然。

他曾在给路易丝的信中写道："诗歌是古代文学的精髓，所有诗歌的组合方式都已被尝试殆尽，但散文还远远没有。"福楼拜经千锤百炼形成的自然连贯、简洁鲜明的语言风格，让他成为自然主义文学的开山鼻祖。

一座仅剩的花园凉亭

情人的眼泪淬成创作的墨水

福楼拜克鲁瓦塞故居原貌插画

爱玛在福楼拜像旁沉思
阿尔弗雷德·里奇蒙绘

  福楼拜沉浸于《包法利夫人》的创作，视艺术为"唯一的真实与美好"，对现实中的"包法利夫人"路易丝却越来越冷漠，直到彻底决裂。1856—1857年，《包法利夫人》在《巴黎杂志》上连载，路易丝对这部作品大为不满，并在1859年出版小说《他》，毫不掩饰地描绘她与福楼拜及诗人阿尔弗雷德·德·缪塞的关系，试图以文字报复福楼拜。

  这段爱情的失败，成就了文学的胜利。爱玛成了不朽，而路易丝的信被福楼拜烧毁。福楼拜写给路易丝的信则被保存下来，成为文学史上的一座宝库。

  福楼拜与自己塑造的包法利夫人共赴永恒，从此隔绝人间烟火。而包法利夫人的原型，福楼拜曾经梦想的巴黎的象征——路易丝，被抛弃在易逝的凡尘中……

天真早已成了虚妄之物

目 录　Sommaire

译者序：爱与艺术的交响乐
——福楼拜写给路易丝·科莱的情书集　　3

人性辩证　　10
每个人都以不同的方式取悦自己

让我们随心而动　　18
我才刚离开你片刻，思绪就开始奔向你

有了你，我才算完整　　23
你是唯一一个让我鼓起勇气想要取悦的人

你的梦境是何种颜色　　28
人心之所以无限，是因为泪水无穷

艺术至上　　38
艺术本身就是一个独立的原则，是一颗自足的星辰

现实流浪　　43
世界太狭小，灵魂在逼仄的此刻窒息

48 观看和感受世界的方式
在爱里,我们看到无尽的远方和无边的地平线

50 野蛮生长
请不要用爱的剪刀修建我这株树

53 废墟之美
一旦人力不再干预,自然便迅速接管人类的作品

59 不幸是人生常态
撕裂我的,正是对你的爱

64 宁静背后的风暴
别让激情扰乱爱情的宁静

71 怀疑者的独白
什么才是最真实的自我?

79 存在无需意义
小草生长,只是为了成为自己

84 谎言之上的永恒
与其爱我,不如去热爱艺术

爱的解剖学 91
爱是可以分为不同程度和层次的

旁观者之眼 95
我细致入微地观察着世事，从不急于下定论

神圣之下 100
在美好的表象之下探寻污浊的底色

不完美的宽容 106
当无法共情时，就尽力做到不残忍

爱的冥想 111
幸福是一种让人付出惨痛代价的享受

心灵荒原 116
我内在孤独，外在亦是孤独

文学宣言 120
我想写一本虚无之书

与庸众的抗争 125
人为什么不能活在象牙塔中呢？

134　　**言不及义的困境**
　　　　言语会承载过多的思想，放大、扭曲甚至遮蔽本意

143　　**文明的未来**
　　　　艺术会越来越科学，科学也将变得更具艺术性

155　　**我的灵魂是天蓝色的**
　　　　唯一能限制它的，只有真理的边界

165　　**她既想死，又想去巴黎**

她既想死，又想去巴黎

Elle souhaitait à la fois mourir et habiter paris

粉色银莲花　1891 年
贝尔特·莫里索绘

你本应拥有另一种命运，值得更优秀的人、更纯粹的爱。我竭尽所能，想要向你证明我的爱意。可你渴望的，恰好是我唯一无法给予的。

Préface

译者序

爱与艺术的交响乐

——福楼拜写给路易丝·科莱的情书集

1846年7月29日,巴黎一位著名雕塑家詹姆斯·普拉迪埃的工作室里,二十五岁的古斯塔夫·福楼拜与三十六岁的路易丝·科莱初次相逢。这并非一场偶然的邂逅,而是命运的交会。当时,福楼拜尚未崭露头角,1844年他因神经疾病放弃了法律学业,回到故乡克鲁瓦塞过着隐居般的生活,依靠家族遗产与母亲相伴;路易丝已是巴黎文学圈中的一颗明星,她以诗人和作家的身份活跃于沙龙,作品多次获得法兰西学院的嘉奖。她嫁给了音乐家伊波利特·科莱,但婚姻并未束缚她的情感与才华,她与哲学家维克托·库森等名流有着剪不断、理还乱的关系。

初见时,路易丝的美貌与活力令福楼拜心动。他后来在信中写道:"你拥有能让人死而复生般的丰沛爱意。"她的金发、白皙的肌肤与自信的气质,与福楼拜日后笔下塑造的爱玛·包法利有着惊人的相似之处,而福楼拜的高大身材、深邃的眼神与文学热情,也吸引了这位比他年长十一岁的女性。他们迅速坠入爱河,开始了一段持续八年的激情与矛盾交织的恋情。这段关系不仅改变了他们的生活轨迹,也为文学史留下了宝贵的书信遗产。

恋情伊始,福楼拜与路易丝的交流主要通过书信完成。由于他不愿离开克鲁瓦塞,声称要陪伴年迈的母亲,他们的见面机会极为有限。1846年至1848年的两年间,他们仅在巴黎或芒特拉若利见了六次。然而,距离并未冷却他们的热情,反而点燃了书信中的火焰。福楼拜的信件充满了浪漫的想象与炽烈的表白,如1846年8月14日的信中写道:"我要让你沉溺在爱欲的沉醉之中……想要你在垂暮之年，回忆起这些短暂的时光时，干枯的骨骸仍能为之战栗，为之欣喜若狂。"这样的文字既展现了他对路易丝的渴望，也预示了他对爱情的极端追求。

路易丝则以同样的热情回应。她是个浪漫主义者，习惯将情感倾泻于诗中，而福楼拜的信件成了她灵感的源泉。她渴望更多的相聚，指责福楼拜的冷淡与距离感，但她也承认："即使如此，他仍比我所知的一切都更好，我爱他，他提升了我。"二人的通信不仅是情感的桥梁，也是文学的对话。福楼拜常对路易丝的诗歌提出批评，指责其过于浪漫与流于表面，而他自己则追求"艺术至上"的理念，认为作家应摒弃个人情感，追求形式的完美。这种理念上的分歧，在热恋期尚被激情掩盖，却为日后的冲突埋下伏笔。

1848年，福楼拜与友人马克西姆·杜·坎普开始了为期二十个月的东方之旅，暂时中断了与路易丝的联系。这段旅程不仅拓宽了他的视野，也坚定了他将写作作为人生核心的决心。归来后，他于1851年重启与路易丝的恋情，同时开始创作《包法利夫人》。然而，此时的福楼拜已不再是那个单纯为爱痴狂的青年，他对路易丝的态度变得矛盾而疏远。他写道："我最爱的女人，在我心中套上缰绳，用爱与痛苦拉扯我。"此处"最爱的女人"指的是路易丝与他的母亲，他既无法完全投入爱情，又不愿放弃艺术的孤独。

路易丝则愈发渴望福楼拜的陪伴与承诺。她是个热情奔放的女性，曾在信中质问："如此相爱却不相见，燃烧的欲望却无法满足，这可能吗？"她甚至不请自来地前往克鲁瓦塞，却被福楼拜冷漠地送走。他在信中辩解："我爱你的陪伴，前提是它不带来风暴。"这种拒绝激怒了路易丝，她指责福楼拜自私，只关心自己的创作与平静，而无视她的需求。福楼拜则回应："我无法像你爱我那样爱你，我与自己的天性抗争，却徒劳无功。"

二人的冲突还体现在文学观念上。路易丝的浪漫主义风格与福楼拜的现实主义追求格格不入。他曾严厉批评她的作品："你的弱点在于模糊，女性的柔情泛滥……写作需用心智，而非任心意流淌。"路易丝对此深感受伤，她渴望福楼拜的认可，却常受到冷酷的点评。这种不对等的关系逐渐侵蚀了他们的感情。

1854年4月，福楼拜与路易丝的关系走向终点。在一封信中，他写道："我希望你幸福，若能找到给予你幸福的人，我愿赤脚去寻他。"然而，仅数日后的4月29日，他寄出了最后一封信，二人从此不再相见。这次分手并非突然，而是多年矛盾的积累。福楼拜沉浸于《包法利夫人》的创作，视艺术为"唯一的真实与美好"，而路易丝无法接受他的冷漠与拒绝。她曾写道："他爱我只是为了他自己，为了满足他的感官与朗读他的作品。"

分手后，路易丝将愤怒与失望化为笔墨，于1859年出版小说《他》(*Lui*)，毫不掩饰地描绘她与福楼拜及诗人阿尔弗雷德·德·缪塞的关系，试图以文字报复福楼拜。然而，这部作品并未获得持久的关注，与《包法利夫人》的文学地位相比黯然失色。福楼拜在1857年正式发表《包法利夫人》，书中爱玛的形象被认为部分取材于路易丝——她的浪漫幻想、对平庸生活的逃离与最终的悲剧结局，似乎是福楼拜对这段恋情的一种隐喻性总结。

尽管二人的关系以痛苦告终，他们的爱情故事却并未随着时间消逝。福楼拜写给路易丝的数百封信件被保存下来，成为文学史上的一座宝库。这些信件不仅记录了《包法利夫人》的创作过程，还展现了福楼拜对艺术、人生与爱的深刻思考。他写道："艺术的主题本无美丑、优劣之分。若从纯粹艺术的视角出发，甚至可以说根本没有所谓的'主题'，因为风格本身，就是一种看待事物的绝对方式。"这些文字后来成为现代主义文学的经典信条。

路易丝虽未留下多少回信（福楼拜于1879年将其烧毁），但她的存在贯穿福楼拜的创作生涯。她无疑是他的缪斯，也是他情感与理智冲突的见证者。1876年，路易丝去世后，福楼拜在笔记中写道："我花了一下午回忆过去的日子，然后决定不再想它，继续我的工作。"这句冷淡的话语，既是他对这段感情的盖棺定论,也凸显了他将艺术置于一切之上的信念。

福楼拜与路易丝的爱情故事是一场充满激情、矛盾与遗憾的交响乐。它始于巴黎的浪漫火花,在书信中达到高潮,却因二人理念与性格的冲突而破碎。福楼拜选择艺术作为生命的归宿,而路易丝在情感的洪流中挣扎,最终各自走向不同的命运。这段恋情不仅是二人生命的注脚,也是十九世纪文学史的一抹浓墨重彩。他们的书信,如同跨越时空的对话,让后人得以窥见爱情与艺术交织的美丽与残酷。

高牧

2025 年 3 月

克鲁瓦塞[1] 星期四晚 11 点 1846.8.13

人性辩证

每个人都以不同的方式取悦自己

"自私"是人们未必明白其中真正的意义，经常不经思考就随意扣给他人的帽子。试问，谁又不自私呢？不过是程度深浅不同罢了。从连拯救世界都不愿花费一文钱的吝啬鬼，到奋不顾身跳入冰河、只为拯救陌生人的义士，难道我们所有人，不都是在追随各自的本能，寻求自身欲望的满足吗？

圣文森特·德·保罗[2]服从于施爱的欲望，正如卡

---

[1] 克鲁瓦塞，位于法国鲁昂附近的小镇，福楼拜故居所在地。
[2] 圣文森特·德·保罗，法国罗马天主教神父，以其慈善事业和对穷人的关爱而闻名。

利古拉[1]沉溺于施虐的快感。每个人都以不同的方式取悦自己——一些人通过反思自己的行为，使自己成为万事万物的起源、中心与终点；另一些人则慷慨邀请整个世界来参加他们灵魂的盛宴。这便是挥金如土的豪掷者与一毛不拔的守财奴之间的根本区别：前者乐于给予，后者乐于保留。

至于通常意义上人们所理解的那种"自私"，尽管我本能地厌恶它，但我不得不承认，如果能得到它，我愿倾尽所有。愚蠢、自私和健康是幸福所必需的三大要素。然而，倘若缺失了第一项——愚蠢，一切美好的愿望都将如肥皂泡般瞬间破灭。可世上确实还有另一种幸福，我曾有幸瞥见过它的容颜，是你让我真切地感受到了它的存在。你曾为我展现它在虚空中熠熠生辉的身影，我甚至看到它衣袂的边缘在眼前飘扬。我伸手去抓……你却轻轻摇起头，怀疑那不过是一场虚无缥缈的幻梦（我总是改不掉这种愚蠢的毛病，老爱用一些空洞的比喻）。

---

[1] 卡利古拉，罗马帝国第三位皇帝，以残暴和疯狂的统治而闻名。

……

你知道此刻我在想些什么吗？

我在想你的那个小小闺房。你在那里工作，在那里……（此处无须赘言，省略号已胜过千言万语）。我眼前浮现出你那张苍白而认真的面容，你倚靠在我膝上……还有那盏灯！哦！请别打碎它，务必留着它，每晚都将它点亮，或者，在你内心的某些庄严时刻，在你开始或完成某项伟大的工作时，点亮它。

我突然想起自己珍藏有一瓶密西西比河的河水，那是一位船长赠予我父亲的，说是极为珍贵的礼物。我突发奇想，等你完成一件令自己感到满意的作品时，就用这河水来净手，或者，我可以将这河水轻轻洒在你的胸前，为你举行一场独一无二的爱之洗礼。我是不是在胡言乱语？我已经忘了在提起那个瓶子之前，我正说着什么。嗯，是那盏灯，对吧？我喜欢它，喜欢你的房子，喜欢你屋内的家具陈设，除了你卧室里那幅糟糕的油画，我简直爱这里的一切。我还想起晚餐时为我们服务的、那位可敬的凯瑟琳，想起菲狄亚斯那令人忍俊不禁的玩笑，无数琐碎的小事，成千上万个略带傻气却让我感到快乐的细节。

但你知道吗？我印象最深刻的两个画面：一是你在工作室里以优雅的姿态站立，日光从侧面柔和地映照着你，我痴痴地凝视着你，你也脉脉含情地凝视着我；二是在夜晚的旅馆房间里，你静静地躺在我的床上，秀发如瀑般散落在枕头上，望向天花板，面色苍白，双手交叠，对我倾诉着那些令人心醉的缠绵话语。

你盛装打扮时，清新得像一束刚刚绽放的鲜花，娇艳欲滴，而在我怀中，你温暖而柔软，令人心醉神迷、无法自拔。请你告诉我，我在你眼中是什么样子？我在你心中的形象是怎样的？我真是个糟糕的爱人，对吧！但你知道吗？我们共同经历的一切，于我而言是平生第一次。这三天以来，我一直感到心力交瘁，紧绷得如同拉紧到极致的大提琴琴弦。如果我是一个极其自负的人，肯定会为此感到羞恼。事实上，我是因为你而感到一丝恼火，怕你误解，怕你做出错误的猜测。其他人或许会认为我是在侮辱她们，她们会指责我冷淡、厌烦，甚至对她们感到倦怠。我由衷感激你与生俱来的智慧，你对这一切都表现得习以为常，我却惊讶于自己的失控，仿佛面对的是一件闻所未闻的怪事。所以，我一定是无可救药地爱上你了，而且爱得如此之深，因为我体验到了一种与我对其他人——无论是谁——都截然不同的、前所未有的情感。

你想把我变成一个异教徒，内心深处渴望如此，哦，我的缪斯女神！你的身体里流淌着罗马人的血液，热情奔放、不受拘束。而我纵然竭尽全力，用想象和先入之见来煽动自己，在我灵魂的最深处，依旧弥漫着北方的寒雾，那是我出生时吸入的第一口空气。我身上有蛮族的忧郁，那种根深蒂固的迁徙本能和与生俱来的厌世情绪，驱使他们背井离乡，仿佛要抛弃自己，逃离这无处不在的空虚。所有踏上意大利温暖土地的蛮族，都对阳光抱有无比强烈的热爱。他们如饥似渴地渴望阳光、渴望蓝天，以及渴望一种炽热而喧嚣的存在。他们梦想着充满爱意的幸福时光，那幸福对他们饱受苦寒的心灵而言，像一串熟透的葡萄，轻轻一压，便能榨出甜蜜的汁液。

我一直对这些蛮族抱有深切的同情，仿佛他们是我的祖先。他们喧嚣的历史，不正映照着我无声无息的个人史吗？亚拉里克率领蛮族攻陷罗马城时的欢呼声，在漫长的十四个世纪之后，竟然与一颗弱小心灵深处那隐秘的狂喜，产生了某种奇妙而难以言喻的回响。唉！可惜，我终究不是一个真正的古人，真正的古人没有我这样的神经质。而你也并非纯粹的希腊或拉丁女子，早已超越了她们的时代局限：浪漫主义早已渗透进你的灵魂，基督教——尽管我们试图抗拒它——更是加剧了这种撕裂，将痛苦嵌入爱中。人的心灵，唯有被锋利的刀刃割裂，才能不断扩张，变得更加深刻而复杂。

你曾略带讽刺地对我说，从《宪政报》刊登的文章来看，我似乎并不十分看重诸如所谓的爱国主义、慷慨和勇气之类的美德。哦，不，我喜爱那些最终失败的悲剧英雄，但我同样也欣赏那些最终取得辉煌胜利的强者。这或许令人费解，但这的确是我内心最真实的想法。至于"祖国"这一概念，在冰冷的地图上人为划定一块土地，用刻板的红线或蓝线圈出，对我而言毫无意义。不，对我而言，真正的祖国是我内心所热爱的那片土地，是我在梦境中无数次神游的那片土地，是能让我感到自在安宁、灵魂得以栖息的土地。我既可以是中国人，也可以是法国人，甚至可以是任何地方的人。我们与阿拉伯人在战场上交战得胜，我心中却丝毫没有胜利的喜悦，反而为他们的最终落败感到一丝难以言喻的悲凉。我深深喜爱这个倔强、坚韧、充满原始生命力的伟大民族，他们是人类原始社会的最后遗存，他们在烈日下停歇，悠然自得地躺在阴凉之处，静静地倚靠在骆驼腹边，抽着因愤怒而微微颤抖的卷烟，嘲笑我们令他们深恶痛绝的"开化"文明。

我身在何处？我要去往何方？正如那些德利尔派的悲剧诗人会哀叹的那样，在遥远的东方，魔鬼又要将我无情地掳走了！永别了，我的苏丹娜！在你即将安然进入梦乡、于我的床榻之上安眠时，我竟连一只小鎏金香炉都无法奉上，让缕缕令人心醉的幽香，温柔地萦绕在你的身旁！多么令人遗憾！但我此刻愿意将自己心中所有的芬芳，毫无保留地奉献给你。

再见，一个漫长而又缱绻、极其漫长的深情之吻，以及更多的、数也数不清的吻。

克鲁瓦塞 星期二午夜 1846.8.4—8.5

让我们随心而动

我才刚离开你片刻，思绪就开始奔向你

十二个小时前，我们还依偎在一起。昨天这个时候，我还将你紧紧拥入怀中……你还记得吗？……可现在，感觉已恍如隔世！今夜的月色温柔，晚风也带着暖意；我听到窗外那棵巨大的鹅掌楸在风中飒飒作响，抬头望去，月亮正映照在河面，顾影自怜。

你的那双小拖鞋就静静地摆在我眼前，我一边写信，一边看着它们。刚刚，我独自一人，将你送我的所有物件都细细整理了一遍，锁了起来。我将你的两封来信小心地放回了绣花香囊里，等这封信写完，我会再次将它们捧起，一遍又一遍地重读。

我没有用镶着黑边的信纸给你写信,我不愿将任何一丝悲伤传递给你!我只想带给你快乐,用平静而持久的幸福将你环绕,以此略微偿还你慷慨的爱意所给予我的一切。我害怕自己写出来的字句显得冷淡、干涩、自私,可天知道,此时此刻我的内心正经历着怎样的波澜。那些美好的回忆!那些难以抑制的渴望——啊!我们曾有两次美妙的马车兜风之旅,尤其是第二次,闪电在夜空中闪烁!我依然清晰地记得被车灯照亮的树木,以及车身摇曳时发出的轻柔弹簧声;我们与世隔绝,安静而幸福。我在无边的夜色中,凝视着你的面庞。一片漆黑中,你的眼眸仿佛点亮了整张面庞。

我觉得自己写得糟透了,你读到这些文字时,会不会觉得它们冰冷、空洞?我根本没有说出自己真正想表达的意思的万分之一。我笔下的语句断断续续,如同声声叹息,想要真正理解它们,就必须用心去填补字里行间的留白——你会的,对吗?就像我凝视着你的棕色小拖鞋,想象它们曾被你踏在脚下,残留着你的余温,你会将信上的每一个字母、每一个符号,与我们之间的点点滴滴联系起来。手帕还留在鞋里，我看到上面的血迹——我竟希望它被鲜血彻底染红，好让我更深刻地感受到你的存在，紧握住你的生命。

我回到家，母亲在车站迎接我。见我回来，她不禁流下泪水。而你目送我离去时，也泪眼盈盈。我们的悲哀竟如此沉重，以至于无论是相聚还是别离，都让双方付出泪水的代价！这简直是一种悲怆而荒诞的命运。

我又一次看到了绿茵如织的草坪、高耸挺拔的树木，还有那条如同我离去时一般静静流淌的河流。我的书本还摊开在原处，一切仿佛凝固，没有任何改变。自然的平静让人羞愧，它的宁静祥和，似乎在嘲讽我们的骄傲。

不过，让我们不去想未来，也不去想自身。思考只会带来痛苦。不如让我们随心而动吧，就让这股冲动随意地推动我们，无论它把我们带向何方。至于前方的暗礁……唉，不要顾虑太多，且行且看吧。

对了，还有那位好心的 X……他寄出的信说了些什么来着？昨晚我们还为此事儿忍俊不禁。这份情谊对我们而言是温柔的，或许在他自己看来有些可笑，但对我们三个人来说，都是一份美好的心意。在回来的路上，我几乎读完了整整一卷书，书中有几处情节深深地打动了我，改天我再细细与你分享。

今晚我确实有些心神不宁，实在没有什么心思去评判什么。我只想在睡前，再给你一个晚安吻，告诉你，我爱你。我才刚离开你片刻，思绪就开始奔向你。它飞驰的速度，甚至比身后疾驰的火车喷出的蒸汽还要更快——这个比喻或许有些过于热情奔放了？原谅我这句略显轻佻的话语。

好了，给我一个吻吧，你知道我想要怎样的吻，就像阿里奥斯托[1]诗篇中描绘的那种，热烈而又缱绻的吻。再来一个，哦，再来，再来……让我再吻吻你下

---

1 阿里奥斯托，意大利文艺复兴时期诗人，以长篇叙事诗《疯狂的奥兰多》而闻名，其作品以热情奔放的爱情描写著称。

巴那处令我心醉的地方，在你如丝般柔滑的肌肤上，在你温暖的胸怀里，安放着我的灵魂。

再见，再见。

给你所有你想要的温柔。

克鲁瓦塞 1846.8.6—8.7

有了你,我才算完整

你是唯一一个让我鼓起勇气想要取悦的人

针对你信中的一页,我欠你一个坦率的解释。那番陈述让我看清了你对我的幻想。继续让这种幻想维持下去,对我而言是一种懦弱,而懦弱是无论以何种形式出现,都令我无比厌恶的缺点。

说到底,我本质上是一个表演者。在童年和青年时代,我对舞台有着疯狂的热爱。如果上天让我生得更贫穷些,或许我会成为一个伟大的演员。即便是现在,我最喜欢的仍然是纯粹的形式,只要它足够美,其他什么都无所谓。那些情感过于热烈、思想过于偏执的人无法理解这种超脱情感的美的信仰。他们总是需要一个原因、一个目标,而我既欣赏浮华,也欣赏黄金。浮华的诗意甚至更高，因为它带有悲伤的色彩。

对我来说，世界上只有诗歌、优美的诗句、和谐的旋律、美丽的日落、皎洁的月光、色彩斑斓的绘画和古老的雕塑，除此之外，并无他物。我宁愿成为塔尔玛[1]而不是米拉波[2]，因为塔尔玛的世界更接近纯粹的美。

笼中的鸟和受奴役的人民一样可怜。在所有的政治中，我只了解一件事儿，那就是暴动。我像个宿命论者，相信人类的进步与停滞毫无区别。关于"进步"，我的理解迟钝而不明确，所有关于它的言辞都让我感到厌烦。我讨厌现代暴政，它愚蠢、软弱，甚至自我胆怯。

我是一个充满幻想、任性无常、不拘一格的人。我曾长期而认真地考虑过去士麦那[3]皈依伊斯兰教（别

---

1 塔尔玛，法国著名悲剧演员，他强烈的现实主义表演方式有着极大的感染力。
2 米拉波，法国大革命时期的政治家和演说家，资产阶级贵族利益的代表者。
3 士麦那，今伊兹密尔，地处爱琴海古代文明发祥区域，土耳其历史文化名城。

嘲笑我，这是我最美好的幻想之一）。也许在不久的将来，我会离开这里，在遥远的地方生活，人们将不再听到关于我的任何消息。

至于通常最触动男人内心的爱情，对我来说却是次要的，我始终将肉体之爱与精神之爱区分开来。那天听你谈到卢梭，我知道你在嘲笑这种割裂，但那正是我的故事。你是我唯一爱过并且拥有过的女人。在此之前，我总是在不同的人身上平息在别人那里点燃的欲望。你让我背叛了自己的原则、背叛了自己的内心，甚至让我认为自己是不完整的。

我曾爱过一个人，从十四岁到二十岁，却从未向她表白，也从未触碰她。在那之后的近三年里，我没有感受过情欲。我一度以为自己会这样死去，为此我感谢上天。我真希望自己既没有身体，也没有心灵，或者干脆死掉，因为我活在这世上的样子荒唐得可笑。正是这种荒唐让我对自己既不信任，又觉胆怯。

你是唯一一个让我鼓起勇气想要取悦的人，也可能是唯一一个真正被我打动的人。谢谢你，真的谢谢。

但是，你是否能完全理解我，你能承受我的厌倦、怪癖、任性、消沉，还有突如其来的狂热吗？比如，你要我每天给你写信，如果我不这样做，你就会责备我。可知道你期待每天早上收到一封信的念头，本身就会让我无法动笔。让我按照自己的意愿、按照自己的本性，用你所谓的我的独特性来爱你吧。不要强迫我做任何事儿，我自会心甘情愿地为你做一切。

理解我，不要指责我。如果我把你看得和其他女人一样轻浮愚蠢，我会用甜言蜜语、虚假的承诺和空洞的誓言来敷衍你——那对我来说毫无成本。但我宁愿让你觉得受伤，也不愿敷衍你。

希罗多德[1]说，努米底亚人有一个奇怪的习俗。他们在幼儿时期用炭火烧灼头皮，长大后便不再畏惧烈日的灼热。因此，他们成了地球上最强健的民族。想想看，我也是在这样的灼烧中长大的，无法理直气壮

---

[1] 希罗多德，古希腊历史学家、旅行家与散文家。他根据旅行中的见闻，以及波斯第一帝国的历史，著成《历史》一书，该书是西方历史上第一部真正意义上的历史著作。

地对别人说："你们什么都感觉不到，连烈日都无法灼痛你们。"——但别担心，心被冻僵，并不意味着心肠更坏。只是当我剖析自己时，我并不觉得自己比别人高尚。我唯一的优势，不过是多了几分敏锐的洞察力，以及些许外在的礼貌。

…

再见，我要将信封上了。此刻，我独自一人，万籁俱寂，一切都陷入沉睡，我拉开抽屉，那里放着我的全部珍宝。我凝视着你的拖鞋、手帕、头发、画像，一遍遍重读你的信，贪婪地呼吸着它们残存的麝香气息。如果你知道我现在的感受！……在夜色中，我的心在膨胀，爱的露珠渗透其中。千千万万的吻，蔓延至每一寸虚空，触及你存在的每个角落。

克鲁瓦塞 星期六至星期日夜 1846.8.8—8.9

你的梦境是何种颜色

人心之所以无限,是因为泪水无穷

晴空万里,皓月当空。我听到水手们在歌唱,他们正扬帆远航,随即将到来的潮汐远去。天边不见一丝云彩,亦无半点儿微风。月色下的河流泛着银光,阴影处则漆黑如墨。飞蛾绕着烛火翩飞,夜晚清凉的气息自敞开的窗户悄然潜入,而你,此刻是已进入梦乡,还是如我一般,倚窗而立?是否也在想着那个心心念念都是你的人?是否在梦中?你的梦,又是怎样的颜色?

距我们在布洛涅森林那美好的漫步,已经过去整整八天了,自那日起,时光仿佛坠入了一个无底的深渊!那些令人心醉神迷的时光,对旁人而言,或许只是如流水般逝去的寻常日子；对我们而言，却是生命中一段不可多得的璀璨夺目的时刻，它所散发的光辉将永远温暖我们的心灵。那一刻的喜悦与温柔，如此真实、如此纯粹，不是吗，我可怜的心上人？

如果我足够富有，我会将那辆马车买下，将它珍藏在我的车库里，再也不让它上路，只为保存那一刻的美好——是的，我很快就会回来。因为我无时无刻不在思念你，总是梦见你的容颜、你柔滑的香肩、如雪般洁白的颈项、你的微笑，以及那充满激情的声音，它既热烈奔放，又温柔似水，宛如一声声爱的呼唤。我想自己曾对你说过，最令我魂牵梦萦的，莫过于你的声音。

今天早上，为了等邮差，我在码头足足守候了一个小时，他才慢吞吞地到来。这个穿红制服的家伙，肯定不知道自己的姗姗来迟，竟牵动了多少人的心！谢谢你的来信，这封信让我心头一喜。但是，求你别那样深地爱我，不要爱得那样深，这会让我感到痛苦！还是让我来爱你吧——难道你还不明白吗？爱得太深,对我们彼此都不是好事。就好像小时候被过度溺爱的孩子,往往会早早夭折。生命不是为纯粹的幸福而设,幸福简直是一种畸形的存在。一味追逐幸福的人,最终都会受到惩罚。

母亲这两天精神状态很糟,她出现了关于死亡的可怕幻觉,我整日守在她身边。你无法体会,独自承受这种绝望的重负,是怎样的煎熬。如果你有一天觉得自己是世上最不幸的女人,请记住,世上还有一个人,比你更不幸,而比不幸更甚的,就是死亡或彻底的疯狂。

认识你之前,我已经平静下来了。我正迈入一段成熟的精神康健期。我的青春已经结束,那场持续两年的神经病症,正是我青春的终结与落幕,是合乎逻辑的必然结果。我之所以会有这样的经历,无疑是因为在自己脑海深处,曾产生过某种极其惨烈的情绪。

但之后,一切都归于平静。我洞悉了世情,也看清了自己,这实属难得。我以一套特殊的逻辑处事前行,那套逻辑仿佛专为我的精神困局量身定制。我已将自己内心的所有情感一一拆解、剖析、整理妥当，以至于我感受到从未有过的平静。尽管外界反倒认为，那是我最可怜的时候。然而，你来了，你只用指尖轻轻一触，就搅乱了这一切。陈年的沉渣再次翻涌，我内心的湖泊也随之震颤不已。但风暴本该属于海洋啊！死水一经搅扰，只会散发出污浊的恶臭。

我必然是深爱着你，才会对你说出这样的话。如果可以，请将我忘了吧，用你的双手将灵魂撕扯，狠狠地踩在脚下，以此抹去我留下的痕迹——好了，别生气——不，我拥抱你、亲吻你，简直疯了。如果你现在就在这里，我甚至想咬你一口。我这个被女人们嘲笑冷淡、被传性情寡淡的人，竟会有这样的冲动。此刻我感到自己充满了野兽般的渴望，充满想要撕裂一切的爱欲本能。我不确定这是否就是爱，或许恰恰相反，或许是我内心的情感已经彻底枯竭。

无止境的自我剖析让我精疲力竭。我怀疑一切，甚至怀疑自己的怀疑本身。你以为我还年轻，而我早已老朽。我曾多次与老人们谈论人世间的欢愉，每当他们黯淡的眼神中的热情重燃,我总是惊讶不已;他们同样困惑于我的冷漠,一遍遍地对我说:"在你这个年纪!你!你竟如此!"

剥去神经的亢奋、灵魂的幻想,以及此刻的情感,剩下的才是一个人的本来面目。我不是为了享受欢愉而生的,这不仅是针对感官的体验而言,更是一种深刻的存在之痛。

我常常想自己终将给你带来不幸,如果没有我,你的生活本不会如此动荡不安。我们终将分离,一想到此,我便感到愤慨,每当这一念头升起,对人生的厌倦感便会涌上心头。我对自己感到前所未有的厌恶,却又对你怀有一种全然无私的、几乎是宗教般的温柔。

有时,比如昨天,在我写完信之后,你的身影便在我心中欢唱、微笑,像一团欢快燃烧的火焰,翩然舞动,投射出斑斓的光影,散发着沁人心脾的温暖。你说话时嘴唇轻启的模样,在我的记忆中鲜活浮现,充满优雅与魅力,极为撩人,令人无法抗拒;你那湿润而嫣红的嘴唇，像是在呼唤吻的降临，以一种无与伦比的吸引力，引人沉沦。

我真庆幸将你的拖鞋带回来了！你不知道我是如何凝视着它们的，那些血迹正慢慢褪色、泛黄、变淡，但这难道是它们的错吗？我们也会像它们一样褪色，一年、两年、六年，这又有什么关系？凡可度量的都将消逝，凡可计算的皆有尽头。唯有天空是无限的，因其繁星点点；海洋是无限的，因其滴水无数。而人心之所以无限，是因为泪水无穷。唯有泪水使人心伟大，除此之外，皆为渺小。

难道我在说谎吗？请你仔细想想，试着冷静下来。一两次欢愉便足以将心灵填满，但人类所有的苦难都能在心中齐聚、栖息，如同被接纳的宾客。

你和我谈到工作，是的，去工作吧，去爱艺术吧。在所有的谎言之中，这已然是最不虚妄的谎言。努力以一种全然的炽热、专注和忠诚去爱它，它不会让你失望。唯有理念才是永恒而必需的。如今，世上已不再有往昔那般的艺术家，他们的生命和精神都被对美的盲目渴求所驱使，是上帝自我证明的器皿。对他们而言，世俗的世界并不存在，无人知晓他们的痛苦。每个夜晚，他们都在悲伤中入睡，以惊异的目光审视人类的生活，就像我们俯视蚁穴。

你以女人的眼光来评判我，我该为此抱怨吗？你如此深爱着我，以至于误解了我。你认为我才华横溢、才思敏捷、文笔斐然，这确实是我。但你也会助长我的虚荣心，而我曾以不拥有虚荣心为傲！瞧瞧，自从认识我之后，你已经开始变得盲目了，批评精神正从你身上悄然流逝。而你竟然将爱你的这位先生，视作一位伟人。要是我真是伟人就好了！这样就能让你以我为荣——因为我早已以你为荣，每当我想到："是她，她竟然爱着我！这怎么可能！她那样一位女子！"我就几乎不敢相信。

我多么渴望写出优美的文字、伟大的作品，让你为之感动落泪、心生钦佩。我会走上剧院的舞台表演，你坐在包厢之中，倾听我的声音，听到为我响起的掌声。但事实是，我为与你同一高度拼命攀爬，会不会终有一天，你为此感到疲惫……当我还是个孩子的时候，我和所有人一样，多少幻想过荣耀。理智虽然姗姗来迟，却稳固扎根。公众是否会在有生之年欣赏到我的哪怕一行文字，都还是个未知数，即便真有此事，那也至少是十年之后的事儿了。

我也不知自己怎么会忍不住读了一些作品给你听。请原谅我的软弱，我无法抗拒被你认可的诱惑。难道我对成功没有把握吗？我真是太幼稚了！你想用一本书将我们二人的心联结，这一念头让我心动不已。但我不想发表任何作品，这是我既定的决定，是我在人生中最庄严的一刻，为自己立下的誓言。我创作时毫无所求，不想任何回报。我不是夜莺，而是一只在森林深处啼叫的苇莺，只为自己歌唱。倘若有一天我现身，也必将是全副武装，但我恐怕永远不会拥有那份从容。

我已经感到灵感在衰退，才情在枯竭，连自己写出的句子都感到厌倦。而我之所以保留着自己曾写下的文字，只是因为我习惯被回忆包围，就像我舍不得丢掉旧衣服。我偶尔会去阁楼看看它们，回想它们崭新时我所经历的一切。

对了，我们要一起见证那条蓝色长裙的首次亮相。我会在傍晚六点左右抵达，你我将共享整个夜晚和次日。让我们彻夜燃烧激情！我将化作你的渴望，而你亦是我的渴求，我们互相索取，只为探寻爱是否真的能使我们餍足。但答案永远是否定的！你的心是一泓永不枯竭的泉水，你让我畅饮、让我沉溺、让我浸没其中。

哦！你白皙的脸在我的亲吻下微微颤抖时，是何等地美丽。我却那么冷漠！我那时只顾着注视你，感到惊讶、感到心醉神迷。倘若此刻，我能拥有你……好了，我要再去看看你的拖鞋了。它们永远不会离开我！我爱它们如同爱你。制作它们的人定然不曾料到，我双手触碰它们时的战栗，我会嗅闻它们，它们有淡淡的马鞭草香，还有一种属于你的气息，那气息充盈着我的灵魂。

再见，我的生命；再见，我的爱人，千百个吻落在你的每一寸。一旦菲狄亚斯来信，我便动身。这个冬天，也许我们无法再次相见。但我会去巴黎，至少停留三周。

再见，拥抱我渴望之处，在我曾求索之处吻你。轻贴唇瓣，辗转反侧，千百个吻，如浪潮翻涌。

克鲁瓦塞 星期三晚 1846.8.12

艺术至上

艺术本身就是一个独立的原则,是一颗自足的星辰

今天偶然经过学院路,我看到教堂前的台阶上黑压压地挤满了人。原来是在举行颁奖典礼。我听见学生的欢呼声、掌声,还有铜管乐器和大鼓的轰鸣。我走了进去,学院的景象映入眼帘,和当年我求学时一模一样。帷幔还挂在老地方。

我梦见湿润的橡树叶放在我们额头上时的味道,那一天的狂喜也涌上心头,因为它预示着两个月的完全自由的时光。那时,父亲、姐姐、那些朋友都还在,如今却已物是人非、四散飘零,抑或早已变了模样。

我离开教堂时,心像被一只无形的手狠狠攥紧,

典礼变得索然无味。和十年前那人头攒动的盛况相比，如今的教堂显得冷清了许多。人们不再像以前那样高声欢呼，也不再齐唱《马赛曲》——我曾愤怒地高唱这首歌，甚至把长凳都砸坏了。那些达官显贵似乎也失去了看热闹的兴致。我记得，以前这里总是挤满了盛装打扮的贵妇，甚至连女演员和有头衔的情妇也趋之若鹜。她们站在廊道上向下俯视，被她们看一眼，我感到无比得意。

总有一天，我会把这一切都写下来：写下现代少年的灵魂，那颗十六岁便为一场伟大的爱情而悸动的心，让他渴望奢华、荣耀，以及生活中一切辉煌事物；写下青春心灵中那奔涌又略带忧郁的诗意，像一根无人拨动过的崭新琴弦。

哦，路易丝，我要对你说一句残忍的话，但它来自我最深的共鸣与怜惜。如果将来，有个像我当年一样，腼腆、温柔、战战兢兢的可怜男孩儿爱上了你，被你的美丽深深吸引，虽然害怕但又忍不住靠近，想躲避却又无法停止追逐，请善待他，不要将他推开。

哪怕只是让他亲吻一下你的手,他都会欣喜若狂。你不经意间掉落的手帕,会被他如获至宝地捡起来,夜夜带着它入睡,在泪水中辗转反侧。

今天的场景,重新开启了埋葬着我木乃伊般青春的墓穴,我嗅到了腐朽的气息。一段似曾相识的旋律在心底响起,记忆如同暮色之下在废墟中飘荡的幽灵。你知道吗?女人们永远不会真正懂得这种情绪,也说不出个中滋味。她们或许比我们更擅长爱,爱得更炽烈、更执着,却不及我们这般刻骨铭心。而且,难道仅仅拥有情感,就能够表达它吗?一个醉汉写得出真正动听的宴会歌曲吗?我们总不能认为情感就是一切,在艺术领域,没有形式,情感便一文不值。

所有这些都表明,那些曾爱得轰轰烈烈的女人,往往并不懂爱,因为她们太过执着于爱情本身,以至于无法追求纯粹而无私的美。对她们而言,美总要依附于某个现实目标,创作也难以逃离排遣情绪的实用需求,而非出于对艺术的纯粹向往。而真正的艺术本身就是一个独立的原则,是一颗自足的星辰,不需要任何依托。

我知道你不这样想，但这是我的肺腑之言。日后我会更详尽地向你阐述这些观点，并希望能说服你，毕竟你是位天生的诗人。

昨天，我读了你写的《恩特卡斯特克斯侯爵》，这本书文笔流畅，生动节制，意味隽永。我尤其喜欢开头部分的漫步描写，以及侯爵夫人在丈夫回来前独处的场景。而我自己呢，还在学一点儿希腊语，也在读夏尔丹[1]的游记，以便寻找灵感，继续我已经思考了十八个月的东方故事构思。但最近，我的想象力愈发干涸，可怜的蜜蜂，双脚已深陷蜜罐之中，正在一点点下沉，又怎么能飞得起来呢？

再见，我爱的人，回到你平日的生活中去吧，去社交、去会客，别拒绝那些在我星期日来时，前来拜访的客人。不知为何，我甚至有点儿想再见到他们。

---

[1] 夏尔丹，法国旅行家、作家。他曾多次前往波斯（今伊朗）和东方地区旅行，其游记记录了他在这些地方的见闻和经历。

当我爱着一个人的时候，我的情感便如决堤的洪水不可遏制，爱屋及乌地爱上所有靠近她的人。我乐于帮助那位善良的藏书家——塞加拉大师，甚至愿意帮助在场的那个愚蠢至极的人。凡是你身边的人，无论是以何种方式与你有关，我都愿意接纳。

我时常想起瑟瓦纳，如果我去南方，就会去拜访她。不，我们还是别一起回东街了，仅仅是拉丁区就已让我感到厌恶。

再见，千百个吻，阿里奥斯托笔下那样的千百个吻，如同我们之间所熟知的那样。

克鲁瓦塞 星期五凌晨1点 1846.8.14—8.15

现实流浪

世界太狭小，灵魂在逼仄的此刻窒息

你寄来的诗写得真美！那韵律温柔得像你的声音，像你轻声低唤我的名字时，那缠绵的低语。请原谅我直言，我觉得这些诗比你以往任何作品都更出色。我并非自恋，才觉得欢喜；并非因为那些诗是为我而作，而是因为那份情意，因为一种深切的感动。

你知道吗？你拥有着美人鱼般迷人的魔力，足以俘获最冷硬的心。是的，我的美人儿，你用自己的魅力将我紧紧包围，并将气息渗透进我的血液。哦！我若曾让你感到冷淡，若我的讽刺曾过于尖锐，刺痛了你，那么，当我们再次相见时，我要让你沉溺在爱欲的沉醉之中，让你尽情享受极致的欢愉，直到你被这种幸福折磨得筋疲力尽，甘愿为我沉沦。我要让你为我而震惊，让你承认，连在梦中，你都不曾构想过如此澎湃的爱意。我很幸福，希望你也能感受这幸福。我想要你在垂暮之年，回忆起这些短暂的时光时，干枯的骨骸仍能为之战栗，为之欣喜若狂。

因为还没收到菲狄亚斯的回信（我既焦躁又恼火地等待着），我周日晚上去不了你那里了。而且，就算我去了，我们也没法拥有整个夜晚。况且，那天你可能会有客人。如果我要去，就必须打扮得体，这样一来，就得带上行李。可我只想轻装简行，不带任何包裹，也不带笨重的箱子，无拘无束、自在如风。

我完全理解你渴望再次见到我的心情，渴望在同一个地方，和同样的人重逢，我同样如此。我们不总是紧抓着过去不放吗？哪怕它才刚刚逝去。我们贪恋生命，不断回味旧日的感受，又急不可耐地幻想未来。世界太狭小，灵魂在逼仄的此刻窒息。

我常常想起那盏雪花石膏灯，想起悬挂它的那根链条。当你读到这里时,请看看它,替我感谢它曾借给我的光。

杜·坎普(我在先前的信里提到过的那位朋友)今天到了,他会在这里住一个月。(你的信仍可寄到原来的地址,就像今天早上的那封一样。)他带来了你的画像。黑色的雕花木框衬托着精细的版画,轮廓跃然纸上。你的美丽画像就在我眼前,轻轻倚靠在波斯织锦的沙发靠垫上,在两扇窗之间,你来时会坐的位置。在东街生活的那些岁月里,我在这张沙发上度过无数个夜晚。白天疲惫时,我会躺在上面,用一个宏大的诗意幻想,或某段陈旧而炽热的爱情回忆来抚慰自己的心。现在,我要把你的画像留在那里,谁也不能碰它。(另一幅画像则和你的香囊一起放在抽屉里,盖在你的拖鞋上。)我的母亲看到了你的画像,她说你很美,神采飞扬、温柔善良——这些都是她的原话。我告诉她,这版画是新刻的,正好那天我去看你,而你收到几份样稿,便把它们送给了在场的几个人。

你问我,我寄给你的那几行字,是不是为你写的,你很想知道那是为谁写的,是因为嫉妒吗——不为任何人,就像我写过的所有文字一样。我一直努力避免把个人情感投射到作品里,但我还是融入了很多。我始终努力避免把艺术贬低成满足个体私欲的工具。我写过很多温柔的篇章,却并不是出于爱情;我也写过激情澎湃的文字,却不是心里燃起了爱火——我构思、回忆、拼凑。你读到的那些文字,并不是任何真实回忆的再现。

你预言我总有一天会创作出伟大的作品,谁知道呢?(这是我的口头禅。)我对此表示怀疑——我的想象力正在枯竭,人也变得过于挑剔。我唯一期盼的,是能继续怀着那种深刻而隐秘的欢喜去欣赏大师们的杰作,为此我愿意付出一切。但若要我自己也成为大师,那绝不可能,我对此再清楚不过。我缺失的东西太多:首先是天赋,其次是持之以恒、不知疲倦的毅力。

风格是在艰苦卓绝的努力和狂热专注的执着中诞

生的。布封[1]那句"天才并非出于勤奋"是一种极大的亵渎,但他也触及了某种真理,尤其是在如今这个急功近利的时代,这句话的真实分量甚至比我们愿意承认的还要沉重。

---

[1] 布封,法国博物学家、作家,以其巨著《自然史》而闻名。其名言"天才并非出于勤奋"常被改作"天才出于勤奋"传播。

克鲁瓦塞 星期日 1846.8.23

观看和感受世界的方式

在爱里,我们看到无尽的远方和无边的地平线

夜幕降临,我独自一人,确信不会被打扰,周遭陷入沉寂。我打开你熟悉的抽屉,取出我的珍藏,一件件地摆在桌上。首先是那双小拖鞋,然后是手帕,你的秀发,还有装着你来信的香囊。我一遍遍地重读那些信,反复摩挲。

信和吻一样,最新的一封总是最甜美的。今天早上的那封信就在这里。在写下上一句话和这句尚未完成的话之间的工夫,我又重读了一遍那封信,只为更贴近你,更真切地感受你的音容笑貌,更深地感受你的存在和气息。

我想想你写信时的样子,翻动信纸时那短暂而迷

离的凝视——就在那盏灯下,它曾见证我们的初次亲吻,你曾在此伏案创作诗篇。每当夜幕降临,你就点亮那盏雪花石膏灯吧,凝视它那苍白而柔和的光芒,回忆我们沉浸于爱意的夜晚。你曾说不想再用它了,为什么呢?它已经成为我们之间某种特别的见证。我爱它,就像我爱与你有关的一切,爱那些环绕你、触及你的所有事物。

你知道吗?我甚至乐意为那天在场的塞加拉斯夫妇效劳,甚至连那位拜访时间太长、令我有点儿紧张的藏书家,我也心生善意。为什么会这样呢?谁又能说得清?这是喜悦溢出的结果。那喜悦从我心底涌出,漫向几乎无关紧要的人,甚至渗透进无生命的物体。爱一个人时,他甚至会爱整个世界。就像戴上蓝色眼镜,一切都会映成蓝色。

爱情,和其他情感一样,不过是观看和感受世界的一种方式。它赋予我们独特的视角,让我们站得更高、看得更远。在爱里,我们能看到更广阔的远方和无尽的地平线。

克鲁瓦塞 星期日 1846.8.23

野蛮生长

请不要用爱的剪刀修建我这株树

我看到了一种痛苦——一种近在咫尺却从不抱怨、面带微笑的痛苦。和那种痛苦相比，你的痛苦，无论多么强烈，终究不过是针刺之于烈焰，痉挛之于垂死挣扎。这就是折磨我的枷锁——我最爱的女人，在我心中套上缰绳，用爱与痛苦拉扯我。如果这些话又惹你生气，请原谅我，我真不知该说什么才好，现在我变得如此犹豫。与你交谈时，我害怕让你落泪；触碰你时，我又害怕伤到你。

你还记得吗？我曾如何热烈地爱抚你，我的手是多么有力，让你微微颤抖，你甚至为此尖叫了几声。

所以，变得更理智些吧，我深爱的傻姑娘，别再为虚无的想象而伤心！你责怪我过度分析，然而，正是你赋予了我的话语过于细腻的敏感。你不喜欢我的思想，我的思想火花让你不快；你希望我与你更心意相通，希望我的温柔和话语更单调平稳。偏偏是你！是你！和其他人一样，责备我唯一的优点——我那突然迸发的激情，未经矫饰的冲动！

是的，你也想修剪我这棵树，把我那些狂野、茂盛得向四面八方伸展的枝条剪去，让它变成贴墙攀附的整齐绿篱。如果那样，它固然能结出甜美的果实，连孩子们都能轻松采摘——但那还是我吗？

你到底想让我怎样？我用自己的方式去爱你。爱得比你多还是少，只有上帝知道。我爱你这一点毋庸置疑。你说，我可能曾为其他女人做过和为你所做的一切相同的事儿，我发誓，除你之外，我没有为任何人做过，从未。你是唯一，是第一个让我愿意踏上爱的旅程的人；是唯一让我爱到为此奔波奋斗的人，因为你是第一个如此爱我的人。从未有其他女人为我流下同样的眼泪，也从未有任何眼睛，用这般温柔而忧伤的神情注视我。

是的，那个星期三的夜晚，是我此生最珍贵、美好的爱情记忆。即使明天我便老去，这份回忆也足以让我眷恋此生。

克鲁瓦塞 星期三晚 10 点 1846.8.26

废墟之美

一旦人力不再干预，自然便迅速接管人类的作品

每天早上，你都会体贴地把前一天的生活点滴寄给我，这份关心显得如此温柔。虽然你的生活几近平淡，但你总能找到些事儿告诉我。而我的生活却像一潭死水，毫无波澜。死气沉沉的池塘，平静得不起一丝涟漪。日复一日，每天都和昨天一般无二。我甚至能预见到一个月后、一年后，自己在做些什么。而我认为这不仅是明智的，也是幸运的。

所以，我几乎总是没什么可说的。我没有访客，在鲁昂[1]也没有朋友。外面的世界仿佛与我隔绝。就算

---

[1] 鲁昂，法国西北部城市，坐落于塞纳河下游。福楼拜的出生地和故乡。

是栖息在北极冰原的北极熊,也不会像我一样如此深地被遗忘在世界之外。我天性如此,为了达到这种状态,我更刻意地加入了"艺术"的成分。我为自己挖了一个洞穴,安稳地住了进去,小心保持洞中温度的恒定。

那些你希望我能在早上就着黄油面包和牛奶咖啡阅读的"著名"报纸,到底能告诉我什么呢?他们说的那些事儿,与我又有什么关系?我对新闻毫无兴趣,政治让我昏昏欲睡,连载小说也令我反感。这些东西只会让我变得麻木,或者心烦意乱。你跟我说里窝那发生了地震。就算我能长篇大论,说些常见的客套话:"真不幸啊!多可怕的灾难!怎么会这样!哦,我的天哪!"——这些话能让死人复生,让穷人变富吗?

在这一切背后,都隐藏着我们无法理解的意义,蕴含着某种非凡的用处。就像雨水和风一样,不能因为冰雹砸坏了我们的瓜棚,就想消除所有的风暴。天知道,掀翻了屋顶的那阵狂风,说不定反而能有益于整片森林的生长;那场摧毁了一座城市的火山喷发,也许反而滋养了一片更广袤的土地?这都是人类的傲慢在作祟。我们把自己当成自然界的中心,认为我们是创造的目的和最高意义。一切不合我们心意的事儿,都让我们惊诧;一切与我们作对的东西,都让我们恼火。

天啊,我到底听了多少,忍受了多少关于蒙维尔龙卷风的高谈阔论!"为什么会发生这种事儿?这究竟是怎么造成的?能理解这种现象吗?是来自上方,还是下方的电流?一秒钟之内,三家工厂被夷为平地,两百人丧生!太可怕了!"而那些说这些话的人,却在谈论的同时,一面杀死蜘蛛,一面碾死蛞蝓,或者仅仅为了呼吸,他们就在不知不觉中吸入了无数活跃的微生物。(你看,对我来说,蒙维尔事件[1]简直是一场折磨。我亲眼看见了惨状,整整一个冬天都在听人谈论、争辩,没完没了地提起,我已经烦透了!)

---

1 蒙维尔,位于法国滨海塞纳省,鲁昂下属市镇。1845年8月,蒙维尔遭猛烈的龙卷风袭击。

至于你提到的第二件事儿，沙米尔[1]的宣言，确实有点儿意思。但这世上有趣的事儿何其多，尤其对像昂热利那种声称"我为好奇心而活"的人来说，就算穷尽一生，也看不完所有奇闻逸事。

是的，我对报纸有着深深的厌恶，我厌恶那些短暂的、转瞬即逝的东西，厌恶今天还重要、明天就无关紧要的事物。这并非冷漠无情，只是我更容易与那些被遗忘的苦难共鸣，那些早已消逝的民族，他们的呐喊早已沉寂，已无人记得。

我对当今工人阶级命运的悲悯，不会多于对古代推磨的奴隶的同情，可以说是程度相当。我不比古人更现代，也不比中国人更像法国人。所谓"祖国"，即硬性规定人们必须生活在地图上某块用红线或蓝线标出的土地上，并憎恨其他绿色或黑色区域。在我看来，这种观念狭隘而局限，甚至愚蠢至极。

---

1 沙米尔，达吉斯坦和车臣的穆斯林山民领袖，高加索战争的主角之一。

我是万物的兄弟，和长颈鹿、鳄鱼一样，也和其他人类一样；我是宇宙这间巨大旅馆里的同胞，与所有栖息在此的生命共享一片屋檐。

诗歌是自由生长的植物，它在无人播种的荒野，也能蓬勃生长。诗人不过是个耐心的植物学家，他不辞辛劳地攀登高山，只为采撷那意外萌发的奇花异卉。

现在，我终于卸下了心头的重负，我们已经围绕这个你始终无法理解的话题兜兜转转地谈了好几次。我们还是暂且打住，聊聊我们自己，给对方一个温柔而绵长的吻。

昨天和今天，我们去郊外进行了愉快的漫步。我看到了废墟——那些我年轻时就钟爱的遗迹，我曾无数次与如今已经不在的人一同前来。我想起那些故人，还有那些我从未认识，却长眠于脚下空坟的人。我尤其喜爱废墟上肆意生长的草木，自然迅速吞没人类遗迹的力量，带给我一种深沉而辽阔的喜悦。一旦人力不再干预，自然便迅速接管人类的作品。生命重新覆盖死亡，它让小草在石化的颅骨中生长，在人类曾雕刻梦想的石头上，每一朵盛开的黄花，都复现着万物生机永恒的循环。

想到有一天我也会化为尘土，滋养郁金香，这竟让我感到一丝甜蜜的慰藉。谁知道呢？也许我埋葬之地的那棵树，会结出异常丰硕的果实。我或许会变成一份上好的肥料，成为上等的"生命之肥"。

克鲁瓦塞 1846.8.27—8.28

不幸是人生常态

撕裂我的，正是对你的爱

我拿起这张信纸。我所有的信纸都镶有黑边——我手边没有其他纸张可用，但我不希望自己寄给你的文字被悲伤的阴影笼罩。我已经在无意间让你承受了太多痛苦，这已经够了，不是吗，可怜的天使？就让悲伤深藏于心底，不必显露于表面。我只想寄给你温柔的话语、充满柔情的字句，以及那些甜美如亲吻的词语。有些人能轻易说出这些甜言蜜语，而我只是将它们深深藏在心底，还未出口，便在唇边消散。

如果可以，我多么希望每天清晨，你刚从睡梦中醒来，就能闻到浸润着爱意的书信的芬芳，被一段圣洁的旋律所环绕，使你整日沉浸于如同置身天堂般的喜悦之中。但我在青年时呐喊得太过用力,如今声音沙哑,已无法像从前那样歌唱。

谢谢你送来的那朵小小的橙花。你的整封信都散发着橙花的芬芳。对我来说,无论它摘自谁赠予的树,都同样美丽。因为它来自你,由你亲手寄出,这就足够了。这份心意着实令我感动,我从中真切地感受到了你的情意。你是如何做到在这些微小的事物中寻得如此多的乐趣?又是如何赋予这些琐碎小事以难以言喻的力量?

我对你的感情奇异而深刻,宛如灵魂的脉动。但令我沮丧的是,我始终觉得自己配不上你。你本应拥有另一种命运,值得更优秀的人、更纯粹的爱。我竭尽所能,想要向你证明自己的爱意。可你渴望的,恰好是我唯一无法给予的。

我的生命已与另一个生命紧紧相连,只要那一方还存在,这种纠缠就不会结束。我如同一株被风摇撼的海藻,仅凭一根坚韧的细丝附在礁石之上。倘若细丝断裂,这可怜的无用之物,又将被海浪卷向何方?但在那之前，就让它停留于上帝希望之处、命运规定之地。

昨晚，我饶有兴致地拜读了你关于沙特莱夫人[1]的文章，深感充满趣味。书信中的片段十分精彩。这又是一位爱而不得的女性。这究竟是谁的过错呢？是伏尔泰先生[2]、圣兰伯特[3]，还是沙特莱夫人自己？也许都不是。错的是生活本身——幸福只是偶然，不圆满和不幸才是人生的常态。

我非常欣赏伏尔泰先生在这段故事中的角色。他真是个睿智又善良的人！或许我的评价会让你感到不悦。但是，扪心自问，又有多少人能够像伏尔泰先生那样，为了情人的幸福，为了她对另一个男人的柔情，而牺牲自己的虚荣心呢？也许有人会说，那是不是因为伏尔泰先生已经不再爱她了？谁又能真正知道感情

---

1 沙特莱夫人，法国数学家、物理学家和哲学家。她翻译、评注的牛顿《自然哲学的数学原理》，多年来一直是该书的唯一法文译本。

2 伏尔泰，法国启蒙运动时期最重要的思想家、哲学家、文学家之一。他与沙特莱夫人保持了长期的亲密关系。

3 圣兰伯特，法国诗人、哲学家和军事家。继伏尔泰之后，沙特莱夫人的第四位情人。

的事儿呢？或许连他自己也说不清楚。况且，有些时候，那些我们自以为已经熄灭的爱，往往仍在余烬中闪烁微光。火焰熄灭之后，还有缭绕的烟雾，而烟雾停留的时间，甚至比火焰燃烧时更长久。

我确信，伏尔泰先生对沙特莱夫人的思念超过世间所有人，甚至如果他先离世，她的思念程度不比他深切。那时，这位杰出人物的灵魂深处，必定经历了一场极其宏大而又复杂的情感风暴。我本希望在你的研究中，看到你更深入地剖析和分析这一点，当然，你已略微清晰地指出了这一点。对我而言，也已经足够明了，这一切口恰好照亮了他灵魂最隐秘的角落。沙特莱夫人的形象，他们在西雷[1]的生活点滴、情感激烈起伏的各个阶段，这一切都在你的笔下得到了充分展现，笔触坚定而又克制，这真是一部佳作。

至于你提到的那本道德故事集，我兄弟的孩子恐怕是不会读的。因为他们可怜的教育方式，我六岁的

---

[1] 西雷，即西雷城堡，伏尔泰和夏特莱夫人曾共同居住和研究多年的地方，位于法国香槟地区。

侄女竟然还不识字。我的另一个小侄女年纪更小,等她长大些,我会读给她听。其实,我打算自己先读一遍,让自己回到那个单纯渴望故事的孩童状态。我一直很羡慕那些能绘声绘色地讲故事,以此逗孩子开心的人。我完全不具备这种才能,尽管我个人非常喜爱孩子。曾有一位英国人说过一句略显刻薄的话:"孩子们的确很可爱,但是,当他们到了懂事的年纪,就应该被扼杀。"

那我们呢?亲爱的爱人。这是一个你始终无法理解的话题。你说自己惊讶于我准备向你倾诉的哀怨。我的痛苦与你的痛苦相比,显得多么琐碎和自私。但最让我心碎的,正是想到这些痛苦会给你带来折磨。你认为这不让我痛苦吗?如果我不爱你,又何必在意?我的虚荣心反而会得到些许满足。但撕裂我的,正是我对你的爱。

再见,我亲爱的路易丝,再见。我在深深地思念你,也请你同样思念我。千千万万个吻,落在你那双如蓝色宝石般美丽的眼眸上,轻轻吻干每一滴可能滑落的晶莹泪滴。

克鲁瓦塞 星期日下午2点 1846.8.30

宁静背后的风暴

别让激情扰乱爱情的宁静

你是否认为，仅仅因为那挥之不去的忧虑，那稍纵即逝的恍惚，我们之间的激情与狂热就会消弭殆尽？不，绝非如此。恰恰相反，正是这种难以抑制的激情让我不安。因为激情过后，往往伴随着若有所失的怅惘。

为何要将可能降临在你身上的不幸，混杂进你带给我的快乐？如果真如你所说，我向来缺乏理性，那么在这件事儿上，似乎你更失于冷静。

倘若我只是追求自身的愉悦，只想从爱中寻觅肉体的欢愉，那么这一点早就会暴露，我的行事方式也会截然不同。请相信我，亲爱的，我还不至于粗鄙到那个地步。比起你动人心魄的肉体，我更珍视的是你这个人本身。

你知道自己欠缺什么吗？或者更确切地说，你的弱点是什么？恰恰是你那过分发散的"智慧"。你总是热衷于在缺乏智慧之处寻觅智慧，在那些人们根本无意施展才思的地方，也能洞察出才思的踪迹。你总是将一切都过度解读、不断放大，甚至推向极端。

天知道你究竟在哪里听闻，说我曾对你说过类似的话："我从未深爱过与我亲近的女人，而我真心爱慕的女人，从未给予我任何回应。"我唯一说过的，是我曾倾慕一位女子长达六年之久，而她对此毫无察觉。她若是知情，或许会觉得荒唐可笑。而如今，我自己也觉得这十分愚蠢。此后，直到遇见你，我未曾动情。因为我主动选择了不再去爱，如此而已。

因此，恳请你不要将我归入庸俗的男人之列，他们在欢愉之后立刻厌倦，对他们而言，爱情不过是欲望的奴隶。但我心中奔涌的情感，绝不会如此轻易便消逝殆尽。倘若说，我心灵的殿堂一旦落成，便会顷刻间被苔藓覆盖，那么，即使它们终将颓圮倾塌，也必然历经漫长岁月——前提是它们当真会彻底沦为废墟。

你尽管嘲笑吧——嘲笑我的人生、荒唐的骄傲，仿佛你是到达美洲的哥伦布。你也可以嘲笑我泛神论的信仰。这一切，绝不是为了博你一笑，我从不刻意追求奇特，也不想博人眼球。如果我身上确有古怪之处，那就让它去吧，我不在乎。我会去读笛卡尔[1]和康帕内拉[2]关于这一问题的言论，但我并不认为他们能驳倒我。

要想发现我内在的与众不同，恐怕需要极其敏锐的洞察力，毕竟，我过着最寻常、最默默无闻的生活。我希望自己能在隐秘的角落静静逝去，此生不曾有人指责我作恶，我也未曾留下任何劣作。原因在于，我

---

[1] 笛卡尔，法国哲学家、数学家和科学家，被认为是近代哲学和解析几何的创始人之一。

[2] 康帕内拉，意大利哲学家、神学家、占星学家和诗人。代表作《太阳城》被视为空想社会主义的重要源头。

从不干涉他人之事，也不希求他人的关心。我实在难以理解，如此平庸的人生，究竟哪里谈得上奢靡。

然而，在这看似平淡的人生表象之下，还蕴藏着另一种生活——一种只有我能触及的存在，隐秘而光彩夺目。我绝不会向任何人开启这扇隐秘之门，因为世人只会嘲笑它。难道它真的如此疯狂吗？

你尽管放心，我绝不会向任何人展示你的来信，请不要担心。杜·坎普只知道，我正在与一位巴黎的女士通信，或许今年冬天，她会需要他帮忙递送信件。他每天都看到我给你写信，但连你的名字都不知道。他自己也在做同样的事情，也有很多事情要忙，所以我们彼此不会闲聊。只是前几天，他将一枚刻有其座右铭的印章借给了我。

我为菲狄亚斯的缺席感到遗憾。他确实是一个非凡的人，更是一位伟大的艺术家。是的，伟大的艺术家，一个真正的希腊人，也是所有现代人中最为古老的一位。他超脱一切，既不关心政治、社会主义、傅立叶[1]，也不在乎耶稣会[2]，更遑论大学。他宛如一位卓越的匠人，卷起衣袖，从早到晚沉浸于劳作之中，心中只有对艺术的纯粹热爱，渴望将手中的工作做得至善至美。生命的一切意义尽在对艺术的热爱之中。

但我还是不再多说了，你一定会生气。你不喜欢听我说，我对一行诗的关注胜过对一个人的关注，对诗人的敬意胜过对圣徒、英雄的敬意。假如在贺拉斯时代的罗马，有人径直走向他说："哦，伟大的弗拉库斯[3]，你的《致墨尔波墨涅》[4]进展如何了？可否与我分

---

1 傅立叶，法国哲学家、经济学家、空想社会主义思想家。一说"女性主义"概念是由他最早提出并使用的。

2 耶稣会，天主教的主要修会之一。该组织除了协助祈祷、从事慈善、拯救贫困，还兴办学校，是当今世界最大的办学团体之一。

3 弗拉库斯，全名昆图斯·贺拉斯·弗拉库斯，诗人、批评家、翻译家。古罗马文学"黄金时代"代表人之一，与维吉尔、奥维德并称为"古罗马三大诗人。"

4 《致墨尔波墨涅》，贺拉斯创作的著名颂歌，墨尔波墨涅是希腊神话中司掌悲剧和音乐的缪斯女神。古典时代的希腊和罗马诗人经常会向墨尔波墨涅祈祷，以求写出美妙的字句。

享你对波利奥[1]介绍给你的那位波斯少年的情感;你是计划运用阿斯克勒庇亚德斯诗体[2],还是抑扬格诗体[3]来讲述他呢?我更关心你所说的这些,而不是帕提亚战争[4]、弗拉门祭司[5],以及人们准备重新提上议程的瓦莱里亚法[6]……"

然而,确实,比那些为国捐躯之士,为国祈祷、祭祀之人,致力于令国家更加繁荣之人更加重要的,是那些创作的人。因为只有这些人能够真正永存。我

---

1 波利奥,古罗马政治家、演说家、诗人和历史学家。他还是同时代诗人维吉尔和贺拉斯的赞助人。

2 阿斯克勒庇亚德斯诗体,古希腊和古罗马诗歌中使用的一种诗歌格律,以其庄重典雅的风格而著称。该诗体起源于同名诗人,他对警句情有独钟,对古希腊写作有深远影响。

3 抑扬格诗体,起源于古希腊诗歌的一种诗歌格律,通常具有较为口语化和讽刺的风格。

4 帕提亚战争,指罗马帝国与帕提亚帝国(安息帝国)之间持续数百年的战争。

5 弗拉门祭司,古罗马宗教中负责祭祀特定神祇的祭司团。

6 瓦莱里亚法,古罗马时期由瓦莱里乌斯氏族提出的法律,历史上曾多次出现,内容不尽相同,此处可能指与公共秩序或债务相关的法律。

们发现新的世界，只为在他们的作品中遨游；我们发明印刷术，来传播他们的作品。啊！是的，未来的文明仍会因格里塞拉[1]或莉可丽丝[2]的爱恋而颤动。艺术宛如星辰，冷眼旁观地球的运转，丝毫不为之所动；在蔚蓝的天际闪耀，在永不褪色的天国光辉中展露美丽。

但是，罢了，这些话只会让你感到不悦。那么，我还能对你说什么呢？就让我给你一个吻吧。信纸的空白已所剩无几，但我仍要通过这隔着栅栏一般、匆匆写下的几行字，送给你一个绵长而温柔的吻。

---

1 格里塞拉，古罗马文学作品中常见的虚构女性名字，通常象征着美丽、优雅和爱情。

2 莉可丽丝，一说是罗马哀歌体诗歌开创者之一盖乌斯·伽鲁斯的情人，另一说是罗马哀歌体诗歌中常见的女性形象，代表诗人对爱情的追求与失落，维吉尔、普罗佩提乌斯的作品中都有提及。

克鲁瓦塞 星期五晚 10 点 1846.9.18

怀疑者的独白

什么才是最真实的自我？

你曾在无意间说了一句意味深长的话："我认为你真正认真对待的，只有那些玩笑。"如果从字面意义上来理解这句话，简直是谬误。因为我热爱怪诞夸张的事物，几乎感受不到常见的可笑和老套的幽默。如果赋予这句话更广泛的意义，或许其中确有些道理。但还是不对！当我回想起从前，方才明白：曾经，我能清晰地分辨生活中的荒诞与严肃；如今，我已经失去了这种能力！那种悲剧性的元素，已经渗透进所有欢愉的表象之下，讽刺则笼罩在所有严肃的事物之上。所以，你说我喜爱玩笑是不对的，因为当一切事物都暗藏荒诞的本质，哪里还能找到真正的荒诞呢？

你知道的，我亲爱的老伙计（不要因为这一称呼生气，这是我最真诚的称呼），你可能觉得这些话听起来不太悦耳，但怎么说呢？我就是这样的人啊！

至于你批评我对宿命论的执着，它已经深深植根在我内心，我对此深信不疑。我否认个人自由意志的存在，因为我从未感觉自己是自由的；至于人类，只需翻阅历史，人们便会发现，人类并不能按照自己的意志前行。如果你想就此展开一场讨论（想必不会有趣），我并不抗拒。不过，我们还是别再说些无聊的事儿，紧紧相拥吧，我想再次感谢你今天早上写给我的那封好信。

亲爱的天使，你说我没有向你袒露我的内心世界和最秘密的想法。你知道我内心最隐秘、最私密的部分是什么吗？什么才是最真实的我？只有两三条我倾注爱意、悉心呵护的贫乏的艺术构思——这就是全部。我生命中最重要的，不过是几段思考、几本书，在特鲁维尔[1]海边欣赏的几次日落，以及与一位朋友连续畅

---

1 特鲁维尔，法国西北海岸的一座海滨小镇，风景秀丽，是19世纪文人墨客喜爱的度假胜地。福楼拜常在此地休息和创作，这座小镇也是普鲁斯特、杜拉斯等艺术家的灵感圣地。

谈五六个小时的时光——这个朋友如今已经结婚，不再与我联系。

我与他人对人生的看法始终存在差异，这使我一直（可惜还不够彻底）把自己封闭在一种严酷的孤独之中，不让任何情绪外露。无数次的屈辱、惊愕与丑闻，使我早早地意识到，想要平静地生活，就必须学会独处，将所有的窗户紧闭，防止外界的空气侵扰。我至今仍不自觉地保持着这种习惯。许多年里，我一直有意避免与女性的社交。我不想让自己的天性受到任何束缚，不想有任何羁绊，不想受任何影响。最后，我甚至不再渴望与人交往。我过着没有身体和情感悸动的生活，甚至没有意识到自己的性别。

正如我曾告诉你，几乎是在孩提时代，我就拥有过一段刻骨铭心的感情。当这段感情结束时，我便将自己一分为二：一部分是为艺术保留的灵魂，另一部分是任其自流的肉体。直到你的出现，打乱了这一切。而今，我又重返人类的生活！

你唤醒了我内心所有沉睡的，或者说可能正在腐烂的东西！我曾经被爱过，而且被深深地爱过，尽管我属于那种容易被遗忘的人，更擅长激发他人的情感，而不是让情感得以持久。人们总是把我当作某种可笑的存在来爱。毕竟，爱情不过是一种高级的好奇心、一种对未知的渴望。它驱使人敞开胸怀、奋不顾身地迎着暴风雨前进。

我再次回想，确实有人曾爱过我，但从未像你这般纯粹。我从未与任何女人有如此深切而牢固的联结，也从未对任何人展现过如此深沉的奉献、如此不可抗拒的倾向、如此完全的心灵契合。

你为何总是说我喜欢浮华、闪耀、俗丽的事物，讽刺我是"形式的诗人"！这是那些功利主义者对真正艺术家的侮辱。对我而言，只要人们无法将形式与内容从某个句子中剥离出来，我就会坚持认为，形式与内容这两个词都是毫无意义的空谈。没有优美的形式，就没有美好的思想，反之亦然。美通过某种形式渗入艺术世界，正如在我们的世界中，诱惑和爱情自形式中涌现。就像你无法从一具身体中抽离出构成其本质的特性——比如色彩、体积、坚固性——而不将其简化为空洞的抽象，继而毁掉它。同样地，你也无法剥离思想的形式，因为思想只有通过形式才能存在。一个没有形式的思想是不可能存在的，正如没有一种形式不传达某种理念。

这些荒唐的言论，正是评论家们赖以生存的食粮。他们指责那些文笔优美的人忽略了思想与道德目标，仿佛医生的目标不是治病救人，画家的目标不是绘画，夜莺的目标不是歌唱，艺术的目标不是追求美本身！他们指责雕塑家们沉迷于感官主义，因为他们塑造出的生动女性形象，无一不具有丰满的胸部和适合孕育生命的腰臀。但如果他们反其道而行之，雕刻出棉絮填充的布幔，或是像招牌一样扁平的塑像，大家就会称他们为理想主义者、精神主义者。哦，是的！人们会说，他忽视了形式，但他是一位思想家！而资产阶级们便会大声叫好，强迫自己去欣赏那些令他们厌烦的事物。

现在，凭借一套约定俗成的行话、两三个流行的观点，你可以很轻易地将自己包装成一个社会主义者、人道主义者、先锋主义者，成为那些贫苦大众和疯子梦想中未来的救世主。这就是当今的病态思潮；人们以自己的职业为耻，去创作诗歌、写小说、雕琢大理石，啊！天呐！这些是过去的好事，那时诗人还不必肩负所谓社会使命。如今，每部作品都必须具有其道德意义、循序渐进的教诲内涵；每首诗都要有哲学的深度，每出戏剧都要能给君主们当头一棒，每幅水彩画都要能温润世道人心。

律法式的习气无孔不入，各个领域充斥着渴望夸夸其谈、长篇大论的狂热欲望；缪斯成了无数私欲的基石。可怜的奥林匹斯山[1]！他们甚至在你的峰顶上种植马铃薯！如果只有平庸之辈参与其中，我们大可以放任不管。但虚荣心已经将自豪感驱逐，无数渺小的贪欲取代了曾经数不胜数的雄心。那些强者、那些伟人，也开始反躬自问：为什么我的时代还未到来？为

---

1 奥林匹斯山，希腊神话中诸神居住的神山，象征着神圣、崇高、永恒的艺术理想。

什么不每时每刻都煽动这些乌合之众，而让他们在未来才去做梦？于是，他们纷纷登上讲坛，跻身报界，用自己不朽的名声，来为那些昙花一现的理论背书。

他们忙着推翻某个部长，但即使没有他们，那位部长也终将倒台，他们本可以仅用一句讽刺诗，就将耻辱的印记深深地烙在那个人的名字上，使其遗臭万年。他们关心税收、关税、法律，以及和平与战争！然而，这一切是何其渺小、何其短暂、何其虚伪和相对！但他们为这些琐事激动不已，为谴责那些骗子高喊，为人们司空见惯的善行欢呼雀跃；他们为每一个无辜被杀的人流泪，为每一只被碾压的狗痛惜，仿佛他们生来就是为了这些事情。

但我认为，最美的是跨越几个世纪，去拨动世代的心弦，让他们获得纯粹的快乐。谁能道尽荷马[1]为世人带来的神圣的震颤？贺拉斯仅用诗句，就能让人们

---

[1] 荷马，古希腊吟游诗人，相传为西方第一部重要文学作品《荷马史诗》的作者，与维吉尔、但丁、弥尔顿并称"欧洲四大史诗诗人"。

在微笑时泪流满面。对我来说，我永远感激普鲁塔克[1]，因为他在大学时的那些夜晚，带给我身临其境般的战斗激情。那时，我的灵魂中仿佛蕴藏着两支大军的磅礴气势。

---

[1] 普鲁塔克，希腊传记作家和散文家，以其《希腊罗马名人传》《道德论丛》闻名后世。他的作品为欧洲文学的发展提供了灵感与营养，蒙田、卢梭、莎士比亚、拉辛、莫里哀等人都受其影响。

克鲁瓦塞 星期一晚10点 1846.8.31

存在无需意义

小草生长，只是为了成为自己

可怜的天使，我们为何依旧如此忧伤！为什么要这样折磨自己，让悲痛过度侵蚀你的身心呢？我们相隔遥远，足有三十三法里[1]之遥，我无法为你拭去美丽眼角上的泪水。你也无法看到我收到你的信时，脸上露出的笑容，以及当我思念你，或是凝视你的肖像时——你妩媚动人的长卷发，曾轻柔地抚过我的面颊，触碰我的嘴唇——我脸颊上浮现的喜悦。

我们之间，横亘着太多的平原、草地和山峦，以至于我们难以相见。我无法理解自己带给你的种种痛

---

[1] 1法里约为4000米，下同。

苦。你认为，我的心中还住着另一个人，她一直占据着最重要的位置，光芒四射，而你不过是她阴影下的过客。噢！不，不是的！请你务必相信这一点！你说我有坦率的天真，那就请你始终如一地相信我的坦率吧。那一切都已是陈年旧事，几乎要被我遗忘，仿佛是另一个人的故事。如今活着的这个"我"，仿佛是在凝视着那个已经死去的"我"。

我曾拥有截然不同的两段人生——外界的种种变故标志着第一段人生的终结与第二段人生的诞生。这一切仿佛是一种数学计算。我那充满激情与波动、充斥着千头万绪的第一段生命，早在二十二岁时画上句号。那时，我的人生发生了巨大的转变，另一种生活随之而来。

我将世界与自己清晰地划分开来，以供我享用：一部分是外部世界，我渴望它多样、丰富、和谐、广阔，而我只接受它观赏和享受的用途；另一部分是我的内心世界，我将它凝聚，使其更加坚实，并让最纯粹的"精神"光辉，通过"智慧"的窗户，尽情地倾泻而入。你或许会觉得这段话有些晦涩难明，要阐明它，恐怕需要一本书的篇幅。

不过，我并没有像你想的那样，放弃生活中的一切美好。我仍然和其他人一样，尽情呼吸玫瑰的芬芳，欣赏皎洁的月色。爱情与友情，我一样都没有抛弃。我反而戴上了眼镜，以更加清晰地辨别它们。

你可以随意地审视我，但你绝不会发现任何令你悲伤的东西，无论是过去，还是现在。

我真希望你能洞察我的内心：你此刻的所有疑虑与沮丧，终将化作喜悦与幸福的泪水。是的，我爱你，我爱你，你听到了吗？难道我还要喊得更大声一些吗？

然而，如果我没有那种只懂得欢笑的寻常爱情，难道就错了吗？难道我一点儿都不具备温柔的特质吗？我已经对你说过，我拥有一颗如同手掌般带茧的心。触碰它时，你或许会感到刺痛——但或许，在那粗糙表皮之下，隐藏着更加柔软的内核。

亲爱的，如果你一直为我不去看你而心生责怪，我该如何回应呢？那不过是徒增痛苦，只会让我想起（天哪，这完全是多余的！我已十分清楚这一点）你正为此而痛苦、烦恼。"如果我可以……如果……"我总是重复这该死的条件式，那种令人厌恶的语气、时态都借由它来表达——今晚我真是太愚蠢了。或许是因为今晚的月色太美了吧。我刚刚在树下散步，想念你、呼唤你。

我们本可以有一场美好的散步，不必说话，我轻轻揽着你的腰肢。我想象你白皙的脸庞，在平淡的绿草映衬下，像月光下的花一般清丽；你湿润的眼眸，闪烁着如夜色柔和的蓝色光辉——永远爱我吧，你可以把我当成一个暴躁的怪人、一个疯子，当成任何你想要的模样，但请你继续爱我，放过我那些看似荒谬的想法。它们不会妨碍你，也不会伤害任何人，但或许对我有益。

况且，世间万物不都有其存在的理由吗？那些所谓正直的人会问："小草生长有什么意义？"但小草生长，只是为了成为自己，天啊！那么你们呢？你们又为什么存在？

再次感谢你送来的小小橙花。你的信笺都因为它们而散发出馥郁的芬芳。等我去巴黎的时候,我想在你的花盆里种下你最喜欢的植物,这些可爱的花不会有尖刺。而我的爱似乎并非如此,至少在你看来是这样。

好了,亲爱的,再见。送上一个吻,一个长长的吻,还有许许多多数不清的吻。

下次,我们来好好聊聊你吧。你可以讲讲自己的痛苦、工作。你去工作吧,去创作吧,尽可能多地创作。人生的难题并非寻求幸福,而是避免无聊。这一点,一个人凭借坚持不懈是可以做到的。

克鲁瓦塞 星期三晚 11 点 1846.9.2

谎言之上的永恒

与其爱我，不如去热爱艺术

啊，可怜的朋友，今天早晨收到你的来信，温柔而动人。我看见你写信时滴落的泪珠，洇湿了纸页，模糊了某些字句。你的悲伤令我心痛，你爱我爱得太深。你的心太过慷慨，菲狄亚斯的忠告确实睿智。然而，几乎所有的劝告都有一种残酷的缺憾——人们往往难以真正遵循。

如果你能学一学那位善良的菲狄亚斯，即使无法变得更加幸福，至少能更加安宁。他是个通透的人，从不向生命索求超出它所能给予的快乐，也不会奢望在苹果树下嗅到橙花的香气。因此，他的内心井然有序，在创作中始终平静而坚定。你看，艺术感激他的从容,并以深沉而充实的喜悦回馈他。

今晚的夜色如此迷人!万籁俱寂,我只听见钟摆的嘀嗒声和微风掠过树叶的轻响。月光温柔地倾泻而下,河水泛着银辉,岛屿隐没在漆黑如墨的夜色中,草地泛着翡翠般的绿意。

我的女主角,你想来这里吗?在这样静谧美好的夜晚,我将高兴地迎接你的到来。我仿佛已经看见你的面庞和裸露的颈项,在清冷的月光下泛着柔和的光泽。你那双迷人的眼眸,在幽蓝的夜影中闪烁着动人的光芒。你知道那模样将会是何等庄严而华丽吗?你不惜奔波六十法里,只为在那座小亭子与我共度几个小时……

但这只是我的痴心妄想,根本不可能实现。第二天,这里的所有人都会知晓这件事儿,令人厌恶的流言蜚语将会没完没了。尽管如此,我还是要为这刹那的狂想深深吻你,感谢你这一瞬间的冲动,它让我真切地感受到,我们共享的那份甜蜜的折磨——你不远千里奔赴而来,等待约定的信号,而我紧张守候、翘首盼望你的出现。

下次见面,别再哭得这么伤心,好吗?别让我那么痛苦,请你坚强,我需要你的坚强。我已经见过太多的泪水,真的非常渴望一点儿笑容。

我希望不久之后,就在这几天之内,我们就能再次相见。杜·坎普即将返回巴黎,我这边则会来一些香槟地区[1]的亲戚——我父亲的一个侄女,将带着她的军官丈夫和孩子们来到这里。我将假装护送她到加永,谎称顺道一同去参观一里外的盖拉德城堡[2]。其实,我打算一路到芒特拉若利,在那里等待搭乘下午六点的班车,在晚上八点回到这里。这就是我精心制订的计划。我早已开始为此事进行周密的筹备。但愿我的姐夫不会突然心血来潮,决定同行!我更担心母亲也想要一起去,因为我们在莱桑德利(盖拉德城堡所在地)有一些非常要好的朋友,她已经许久没有见到他们了,

---

1 香槟地区,位于法国大东部大区,以出产香槟酒而闻名。
2 盖拉德城堡,法国北部的一座中世纪城堡,由理查一世兴建,旨在象征英国国王在诺曼底的权威。

或许会想要借此机会与他们重聚。

　　你可以早上九点从巴黎出发,在十点五十分抵达芒特拉若利,而我将在十一点十九分抵达那里。这样,我们就能拥有整整五个小时的美好时光。时间虽然短暂,但聊胜于无。因为我无法预见近期何时能前往巴黎。下次分别,可能又将会开启一段更加漫长的分离。

　　我们必须接受现实,将此视为我们可怜爱情的难以避免的缺陷。我们给对方写信,彼此思念,你将会努力创作(你发誓会吗),对吗?你将竭尽全力地去创作一部伟大的作品,将全部心血倾注其中。哦,你去热爱艺术吧,与其爱我,不如去热爱艺术。这种情感永远不会背叛你,疾病和死亡也无法撼动它。你去崇拜"理念"吧,唯有它才是真实的,因为唯有理念才是永恒的。

　　我们现在彼此相爱,将来或许会更爱,但谁又能真正预料未来的事情呢——终有一天,我们甚至会记不清彼此的容颜。你听过老年人讲述他们年轻时的故事吗?我认识一位老人,就在几个月前,他曾向我详细地讲述了一段持续了近二十年的热恋。在与他的情人分离后的最初七年里,他每天黎明前便悄悄地溜出家门,步行四法里去邮局,只为了看看有没有她的来信。信件断断续续地寄到,没什么规律可言,完全取决于那位可怜的妇人何时得空书写。他随即原路返回,有时会带着自己最为珍贵的收获——情人的来信,但更多时候是空手而归。他小心翼翼地翻墙入院,然后躺回冰冷的床上,不让任何人察觉自己的秘密行动——这样的日子,竟然持续了长达七年之久(整整七年,都未曾真正相见)。他们后来再见了一次,然后就断了联系,信渐渐不再来,他们最终相忘于茫茫人海。后来,妇人去世了,男人也有了新的爱人,这段漫长的故事也就此画上了句号。这就是真实的人生。

他说起这一切时,语气淡淡的,就像在谈论一件再寻常不过的小事。事实上,这也的确是人生的常态。再牢固的纽带,也会随着时间自行松解,因为再坚韧的绳索也终有磨损殆尽之时。世间万物终将逝去,流水汩汩,人心也在慢慢遗忘。这真是人生的一大悲哀。但我们或许应当感谢上天——祂知道祂所创造的生灵无法承载日复一日、层层堆叠的悲伤,便让新生的悲伤掩盖旧日的悲伤。正如牙痛发作时,人们便顾不上冻疮的疼痛,只好学会选择一个轻微的痛苦:这或许便是人生的全部智慧所在。

但你知道的,我尚未将你遗忘。遗忘的时刻还远远没有到来。它真的降临时,再去忧虑吧。现在,你不要折磨自己,不要让自己被悲伤吞没。请你牢牢记得,我深爱着你,一遍又一遍地告诉自己,让心沉浸于这美好的爱中,将它珍藏在心底,但这并非为了扰乱你的心绪,使其盈满无尽的愁绪,而是为了温暖你的内心,让它浸润在爱的温暖柔意之中。如果你愿意,就让你的心尽情地沐浴在爱的长河中吧,但千万不要让它完全被爱淹没。

我的母亲明天要去鲁昂处理一些财务上的事务。我主动提出代她跑一趟(只需一个小时便可办妥),为的是能有机会在上午十一点之前,将这封信投递到邮局,以便你能在今天晚上就收到它。

再见,我亲爱的爱人,千百个吻落在你美丽的眼眸上。请尽快告诉我,你是否满意我的计划。如果可以,大概三四天之后,我们就能见面。我还无法完全确定时间,不过我会及时通知你的。但愿命运女神眷顾我们!我始终对这位女神心怀戒备,她是个十足的妖娆之人。她对你展现媚态,不过是为了残忍地推开你。

再见,我紧紧地拥抱你、思念你。

克鲁瓦塞 星期五晚 1846.9.4—9.5

爱的解剖学

爱是可以分为不同程度和层次的

真心相爱的人就像连体婴，两个身体共享一个灵魂。如果其中一人不幸先逝，另一人就只能拖着尸体苟延残喘。

请不必为我担忧，我并不是感到了死神的临近，我们很快就能再次重逢。我已经安排好前往芒特拉若利的短途行程。路上要花一个半小时，参观盖拉德城堡只需一小时足矣，我打算在当天就返回克鲁瓦塞（除非时间不允许），搭最后一班车，大约晚上十点启程。我们将拥有一个完整的下午，共度难忘的时光。

我说"我们将拥有"，其实还不知道你是否接受我的提议。但我充满期待，期待着明天清晨醒来，就能收到你充满喜悦的回信，你在信中对我说："快来吧！"你满意我吗？感到开心吗？你看，只要有一丝能见你的机会，我便像一个饥肠辘辘的小偷，死死地抓住哪怕最微小的可能性，绝不轻易放手。

杜·坎普大概会在下周三（最迟周四）离开这里。那么，就将相见的日子定在下周三吧。我会告诉你准确的车次，以免我们错过。我也会一并告诉你该从巴黎出发的确切时间。你能想象那个画面吗？我们在熙熙攘攘的人群中焦急寻找彼此，终于惊喜相逢，然后肩并肩相伴而行。我们必须克制，我恐怕会忍不住当众吻你。我们会一同前往某家僻静而又舒适的小旅馆，享受完全属于我们的世界！那又将会是多么美好的时光。至于未来？何必过分在意它，它真的会如期而至吗？谁知道明天的朝阳是否会如约升起？

我还没收到菲狄亚斯寄来的包裹，你之前提到过，他早该寄给我的。你曾说想放一尊小雕像在包裹中，但我实在找不到任何足够隐秘的地方来妥善藏匿它。我已经收藏了太多关于你的物件，再继续增多下去，恐怕会引起他人的猜疑。任何关于此事的玩笑，都会像尖刀一样深深地刺痛我，甚至可能会让我不小心暴露。你的画像就在我目光所及的地方，离我不过三步之遥。

今天早晨，在细细品读你和菲狄亚斯关于马林和他的模特对话的描述时，我不禁开怀大笑起来。真不敢相信，我们的朋友向你描述的那位女子，竟让你感到不安！真的只有你才会产生如此奇特的想法，竟然会为了那样的人而心生嫉妒！我真希望当时自己能在现场，那样我便能亲眼见到你当时的神情，并立刻逗你笑，让你意识到自己的荒唐。首先，那位女子外貌普通至极；其次，她唯一能称得上优点的，便是那毫无掩饰、近乎天真的玩世不恭，反而让人感到痛快。在她身上，我看到了自然狂野的爆发，而这种野蛮的坦诚，在某种程度上也算得上美丽。

你知道我向来偏爱这样的景象，这似乎是一种与生俱来的独特品位。我喜欢那些卑微的事物，丑陋是沉沦世界的崇高，它若真实，便与至高的美一样罕见。

玩世不恭真是一种奇妙的特质，它既是罪恶的负担，也是罪恶的解药，让那些恶行在裸露中自行崩塌。所有真正的享乐主义者，内心反而十分矜持。我至今没见到任何例外。

不过，我再次回想起这件事儿，是因为你的坦白着实令我感到惊讶：即便那位女子果真拥有倾国倾城的美貌，即便真如大师金口玉言讲的那样，我们二人之间真的发生了些什么，难道这真的会让你感到如此痛苦吗？

爱是可以分为不同程度和层次的。人们总是滔滔不绝地说，爱是灵魂的共鸣，但他们心里比谁都清楚，肉体的欲望和本能才是爱情的战场。一个人可以爱你至死，却依然夜夜流连风尘，甚至另养情妇——而且是真的爱她。这听起来或许有些荒诞不经，但事实就是如此残酷。

好了，亲爱的，别再愁眉苦脸了，我可没在影射自己。我现在简直像个修道士一样生活。让我们共同热切盼望着下周三的早日到来吧！

再见，我亲爱的爱人，在你那双温柔似水的眼眸上，献上我数不清的亲吻。

克鲁瓦塞 星期日早 11 点 1846.9.27

旁观者之眼

我细致入微地观察着世事，从不急于下定论

终于，在第四天，我收到了你的来信。我还以为你是故意要考验我，想看看我会做何反应呢。对了，趁我还没忘记，我要先给你一个忠告：不要向任何人透露你的秘密。至于信件，不要太信任你的裁缝，她和其他人一样靠不住。像会被朋友出卖一样，我们也总会被这些人出卖。尽管圣雅克街路途遥远，亲自跑一趟令人厌烦，但那更安全、更稳妥。你可以每隔一天去一次（我会在每封信中明确告知你下一封信抵达巴黎的日期）。谨记这句至理名言：防人之心不可无。

你惊讶于我如此准确地评价了那位哲学家，却并不认识他？那是因为——尽管我看起来不谙世事，但实际上早已积累了一些阅历。我第一天就告诉过你，但你并不相信。我比实际年龄更加成熟，因为我一直生活在温室之中。不过我从不标榜自己阅历丰富，那样未免太过愚蠢。但我细致入微地观察着世事，从不急于下定论——这是避免犯错的唯一秘诀。

我曾在处理一件私事时，戏弄过几位声名显赫的外交官，这让我对他们的能力深感厌恶。我憎恶现实生活的琐碎，甚至只是按时坐在餐桌前的例行公事，都让我感到痛苦。但其实，当我涉足其中，当我入席就座，我也会像其他人一样游刃有余。

你想让我结识贝朗瑞[1]。我也有此愿望。他有一个触动我心灵的伟大灵魂。但我遗憾地发现，他的作品有一个巨大的不幸之处，那就是仰慕他的群体。有些天才唯一的缺陷，便是他们的作品主要被庸俗之辈、被那些十分容易沸腾的心灵所理解和感受。三十年来，贝朗瑞的作品成了学生恋爱和旅行推销员浮华梦境的

---

[1] 贝朗瑞，法国杰出的人民诗人，将法国的歌谣创作提高到前所未有的高度，《国际歌》词作者鲍狄埃誉其为"诗圣"。

养料。我深知他不是为他们而写，但偏偏这些人最容易被他的作品打动。

无论人们如何辩解，"名声"看似放大了天才，实则将其庸俗化——真正的美，从不是为了大众存在的，尤其是在法国。《哈姆雷特》永远不如《德贝尔-艾尔小姐》更能让人感到愉悦。

就我个人而言，贝朗瑞的诗歌既不触动我的激情，也不映照我的梦想，更不承载我的诗意。我读他的作品，只是出于历史的兴趣。他在自己的时代生动真实，但已不再属于我们的时代。他笔下那种在阁楼窗前欢唱的幸福爱情，对我们这些当代的年轻人而言，像是一种失落的宗教颂歌——我们可以欣赏它，却无法真正地感同身受。我见过太多愚蠢的庸人和狭隘的市侩吟唱着他的《贫者之歌》和《善良人的上帝》，仅仅因为这一点，他仍能在我心中保持"伟大诗人"的地位，已经是一种奇迹。我更偏爱那些不那么平易近人的天才，那些对大众心存轻蔑，性格孤傲、趣味高贵的天才，又或者是那位唯一能够取代所有人存在的巨人——我挚爱的莎士比亚。我将再次从头至尾地研读他的作品，这一次，我要一页不落地读完，除非书页在我手中化为齑粉，否则我决不罢休。

每当我阅读莎士比亚的作品，都会变得更加伟大、更加聪慧，也更加纯粹。抵达他作品的顶峰时，我仿佛身处巍峨的高山之巅。万物消失，又再次显现。此刻，我已不再是凡人，而是一双洞察世事的眼睛。全新的地平线涌现而出，视野无限延伸。我不再记得自己也曾生活在那些依稀可辨的茅屋之中，也曾在那些微不可察的河流中饮水，也曾在这蚁穴般的尘世中奔波劳碌，甚至仍是蚁穴中的一份子。

我曾在某种激昂而自负的冲动驱使下（我多么渴望重拾那种感觉），写下这样一句你定能理解的话，是关于阅读伟大诗人作品所带来的欢乐的："我有时觉得，他们赋予我的热情使我在刹那间和他们平起平坐，并将我提升至与他们相同的高度。"

好了，我的信纸快写满了，却还没说原本想告诉你的事儿。我得去一趟鲁昂（我亲爱的父母总是让我奔波不休，再这样下去，我的人生就要变成一场无尽的巡游。莫里哀遗漏了一种令人厌烦的人，那就是"亲人"），去火车站取一把从巴黎寄来的扶手椅，那是一把适合写作的宽大扶手椅——高靠背，路易十三风格，绿色摩洛哥皮革蒙面，雕花木制框架。明天，我将坐在这把新椅子上，继续给你写信。

唉，我的老伙计，你又因为我在新年前夜说的话而生气了。我只是随口说来逗你开心的，看来我对你的理解实在浅薄。在女士面前，我所有的学问瞬间瓦解。说到底，这是一个永远无法参透的领域，因为每一句话都会在下一句话的映衬下，被证明是完全错误的。

千吻奉上，献给你如米尼亚尔画中少女的玫瑰般的嘴唇。

克鲁瓦塞 星期六下午5点 1846.9.5

神圣之下

在美好的表象之下探寻污浊的底色

收到你的来信时，我忍不住想要和人打一架。你知道自己的信对我影响有多大吗？它们激起了我对自身的憎恨。你当真希望我如此鄙视自己，乐于见我在你我的不断对比中，被贬低得一无是处吗？

好吧，那你就鄙视我吧，狠狠地羞辱我，说我不爱你！尽管你在说谎，但尽情说吧，我不介意，我愿意全盘接受来自你的一切，一切，你明白吗？你想怎样都可以，我不会生你的气，且对你毫无抵抗之力！

你是如此善良、如此美丽、如此温柔、如此聪慧、如此尽职投入。而你向我证明，我不具备这些品质。

或许你是对的，毕竟我确实没有做任何事情来塑造自己，来证明自己配得上这一切。

我原本以为，你会因为我提出了芒特拉若利之行的主意而拥抱我呢！……结果呢？你甚至提前开始指责我，为什么不愿意在那里停留更久。那倘若我从未有过这一念头，从未提出过这一计划呢？你又会如何评价我？

唉，真是糟糕透顶，我感到彻底迷失了方向。我到处寻找答案，却一无所获。但这真的不是我的错。

你不满于我写下的一切，指责我的每一个想法，甚至那些与我们毫无关系的想法，你都要批评。但无论如何，我爱你的字迹，无论你写些什么，我都喜欢。我爱你书写的字行，爱你曾伏身书写的纸张，爱那可能被你芳香四溢的发梢轻拂过的角落。

寄给我任何你想寄的东西吧，不管是什么，我都不会生气。对你，我根本气不起来，我看得出来，你已经承受了太多的痛苦。所以，我不会多说什么，只是继续爱你。

你以为对我说出那句"你居然像个少女一样被严加看管",便能戳到我的自尊,攻破我铠甲的薄弱之处吗?倘若这句话是在五六年前说的,我定会做出些惊天动地的蠢事来,这毫无疑问——我大概会拼了命证明自己不是这句话说的这样,甚至为此寻死觅活。

可如今,这句话对我毫无作用,就像水珠自天鹅的颈项流下,连一丝痕迹都没留下,我一点儿都不觉得羞辱。

你认为我是因为自私才不让你来,你竟觉得我会不渴望在这里迎接你?对我来说,这难道要冒什么风险吗?完全没有。即便我的母亲察觉到了,她也不会提起此事;我了解她。她可能会嫉妒你(等你的女儿年满十八岁时,你便会明白,母亲是会嫉妒自己的女儿的,甚至还会憎恨自己的丈夫——这是很常见的事儿),但一切仅止于此。

我之所以劝告你不要前来,是为了你啊。为了你的名声，为了你的名誉，为了不让那些无聊之徒随便拿你开玩笑，为了不让你在路上听到庸俗的揶揄，为了不让你在海关巡逻的士兵面前感到羞赧，为了不让仆人当着你的面嘲笑你！但你不明白，一点儿都不明白！反而用讥讽来回应！

罢了！罢了！就此打住吧！我们别再谈论此事儿了！拥抱我吧，让一切都烟消云散。

我们还是来聊聊我渴望已久的下周三吧。为什么要对我说，你到时候会不开心呢？为什么你总是要在未来寻觅痛苦？你现在遭受的痛苦还不够多吗？

你讲述的"红堡夫人"的故事，深深触动了我。你能告诉我这件事儿，真是太好了。我不知该怎样想，这故事既离奇又古怪，我已为此神游许久。我真想见见那位妇人，那将会是一次绝佳的素材研究。我曾深入研究过这类题材，或许我能当场为你的疑虑找到答案。下次你再见到她时，一定要弄明白究竟是怎么回事，设法再次与她相见。

或许在那表象之下，隐藏着美好的东西！也或许潜藏着卑劣与不堪，谁知道呢？可为什么一开始就要怀疑那是邪恶的呢？我们又懂得什么？而我，总是在美好的表象之下探寻污浊的底色，并竭力在那些卑贱的表象之下，发掘隐藏的忠诚与美德。这是一种相当不错的癖好，它总能让人在最意想不到的地方发现新奇之物。

比如说，那位急切地想要认识你、走进你的生活的女士，就不能是出于某种真挚而忠诚的感情吗？谁又能断言，她不是被某种命运的召唤所驱使，为了替你完成某种必要的牺牲，特意来到你身边呢？或许，她将会是你曾认识的所有女人中，最爱你的一位。你凭什么断言，她心里有你所暗自揣测的那些龌龊念头？

在意大利，每一个妓女的家中，都供奉着一尊圣母像，昼夜不息地在烛光中闪耀。那些愚钝的市侩之徒只会冷笑地嗤之以鼻，把这一切视作可笑的伪善和荒唐的作秀。但这恰恰证明了市侩是何等地浅薄无知，他们根本不懂得人心。那既不是愚弄，也无关亵渎，更不是可笑的装腔作势。相反,这一幕触动了我,我觉得这景象崇高至极。世上有多少颗心灵如同那些妓女的住所一般,在淫乱与污秽之上,燃着一盏神圣的灯,照亮其中的一切,为最卑微的罪行笼上一层纯净的光辉。

周三,我们要好好聊聊这一切。不用担心,我的朋友杜·坎普不会与我们同行,他还要继续自己的旅程。而我们呢,当我们独处时,难道我们还需要这个世界的陪伴吗?

千千万万个吻,千千万万个吻赠你,遍布全身,尤其是你的双眸,那记忆灼燃我心。

克鲁瓦塞 星期日晚 11 点 1846.9.6

不完美的宽容

当无法共情时，就尽力做到不残忍

再过一天，后天我们就能见面了。当你读到这封信时，距离你从你所爱之人，亦深爱着你之人那里得到一吻，还剩下二十四小时的光阴。你是否如我一般，品味着这份期盼的甘美？是否如同感受一朵含苞待放的花朵，在它真正盛放之前，便已经呼吸着它那若有若无的幽香？

啊，我们将彻底独处，只属于彼此，在这座乡间村落，四周一片静谧。可你为何如此忧伤？我却预感那将是充满幸福的一天。一天的时光实在短暂，不是吗？但一个美好的日子，足以照亮整整一年。生命短暂，美好的一天降临时，我们怎能不为之狂喜？

但你呢？你会变得明智吗？还会继续哭泣吗？（噢，如果我真如你所认为的那般感性，将会何等喜爱你的泪水啊！当它们沿着你苍白的脸颊滑落，最终消逝在你温暖而洁白的颈项之上——你会是何等美丽！）你仍会将我冷静的未雨绸缪，误认为是一种别有用心的算计吗？你是否会继续责怪我，为了让你免受折磨，而扼杀自己的欢愉？如果说肉体有自己的英雄主义，那必定是这般模样。你必须明白，这种英雄气概的代价，或许比其他那些更受推崇的牺牲更高。而按照世俗惯例，那些因之而受益的人，往往对此视而不见。

是的，我可怜的爱人，请你认真思考这一问题，竭尽全力去理解。然后你自会承认，恰恰是因为我爱你，我才没有放纵自己的情意。你会发现，在你以为的冷淡和堕落中，藏着深沉的柔情。

来吧，笑一笑吧，就像菲狄亚斯所说的那样。明天，是疯狂、是沉醉、是你、是我。明天，我将再次见到你那双跳动着温柔火焰的眼眸；我将在你玫瑰色的唇边流连忘返，汲取你胸腔深处涌出的叹息；我将如饥似渴地嗅闻你那裸露的肩头的芬芳。

在我看来，明天必定是晴天，阳光明媚、万里无云。你的思念，如同我心房上的一扇天窗，透过它，些许光亮与新鲜空气倾泻而入。你难道认为，当我有机会时，我不会拼命地奔向光明，去呼吸新鲜空气，以求生存与喘息吗？！可我的周遭，只是一片阴郁与黯淡。

我母亲的状况很不好。我认为这是我们朋友的那尊半身像所造成的，它让她心神大乱。我从未见过她如此沮丧！不，你从未见过这般痛苦，可怜的朋友，从未。愿上苍让你远离这般痛苦，如果不可避免，你注定要承受痛苦，也愿上苍赐予你任何一种痛苦，都好过这种。

我又想起了那位"红堡夫人"。为何要抗拒那些因我们而生的吸引力呢？那位夫人或许曾遭受难以言喻的创伤。如果灵魂可以旅行，谁又能断定，她的灵魂不是你前世曾深爱过的某个人，只是换了一种形态显现呢?那些看似突如其来、近乎野蛮的冲动,难道不正是前世情缘的回响,神圣而不可抗拒吗?

退一步说,即便她果真如那位军官所推测的那样……又有何妨?你并没有被迫接受她的爱意。但如果这份爱能让她感到快乐,为什么不让她继续去爱呢?当无法共情时,就尽力做到不残忍。世间万物的本质如出一辙,它们有的让我们愉悦,有的让我们反感,有的让我们兴奋,有的让我们震惊。可当阳光洒落,污秽的尘埃也能折射出红宝石的光泽,朝露中亦可窥见珍珠的晶莹。也许,猿猴与狼的爱情,也蕴藏着壮丽的哀歌与朦胧的理想主义,相比之下,我们的爱情可能会黯然失色。

此刻,月光洒落,它的光辉穿越无数未知世界,从八万里外抵达我的窗前。而片刻之后,我将点燃一根火柴,用来点燃我的烟斗。微弱的火焰跃然指尖,难道它们不都是光吗——同一的、不可分割的、无处不在的光。

再见了,我最亲爱的你。今晚,让我们在梦中相会；明天，我们便能真正拥有彼此。你知道我将如何拥吻你。

请搭乘早晨九点从巴黎出发的班车，我将在同一时刻，自鲁昂启程。

克鲁瓦塞　星期六晚　1846.9.12

爱的冥想

幸福是一种让人付出惨痛代价的享受

可怜的天使，你竟然病倒了！也许是我们二人共同的错！倘若时间允许，我们甚至可能会一同走向死亡——我有那种冲动。我们曾经多么幸福、多么疯狂、多么年轻！我至今仍沉浸其中，无法自拔！我的心中，依然充满了甜蜜的温暖。人生中能有几天这样的日子，实在少之又少啊！你自己也感觉到了，不是吗？不然你今早不会对我说，你将永远为我保留一份真挚的爱意。

如此看来，你也同样认为，爱情如同在我们心中奏响的乐曲，无论是交响曲、小调还是浪漫曲，都有其各自的行板、谐谑曲与终章！[1]你也终于探测过那深渊，并已窥见其底，而你原本以为它深不可测。

你知道吗？这种清醒的预见，既是一种智慧，也是一种善良——能够预想到，当一份感情结束时（如果它终将消逝），另一种同样坚实的感情会取而代之？是的，自从星期三以来，我爱你的方式已经不同了。我觉得我们之间的联系更加紧密、更加亲近，外界的一切似乎都不能再轻易影响我们的关系。即便我们长时间无法相见，也无关紧要（你是否也有同感），我们的爱变得更加深沉，尽管它的外在形式有所消退。

你想知道其中的缘由吗？那是因为我们彼此真诚相待，更是因为我们全然顺应自然，不加任何矫饰，也没有自欺欺人，如同一对懵懂的孩童，初尝爱的滋味。因此，我从中并未汲取到丝毫苦涩，反之，却收获了一股令人心醉的暖流，它将我浸润在一种充满感性的冥想之中。

---

1 这里以音乐术语象征爱情的发展，从缓缓展开，到热烈高亢，再到不可避免的终结。

然而，昨天和今天，我感到极其悲伤——那种让我回想起青春时代的悲伤，悲伤到让我想要纵身跃出窗外，以求摆脱这令人窒息的痛苦。人们总是渴望那些自己无法拥有的东西；那些已经拥有的，却变成折磨。于是，人们渴望成为叛逆者、成为隐修士、成为海盗——什么都好，只要能逃离这令人窒息的可憎境地，哪怕只是逃进梦里。

是的，过去的四十八小时里，我感到一阵深深的倦怠。这是那天幸福过后的反噬。每一份快乐都必须用一份痛苦来偿还，不，不是一份，而是成千上万份！因此，我没有错——我从不热衷去追逐快乐！幸福是一种让人付出惨痛代价的享受。

但今晚，我强迫自己重新开始工作。自从大约六周前，我"认识"你以来（这是一种委婉的表达），几乎一事无成。我不能再这样下去了！努力工作吧，尽全力去做自己该做的事儿！工作之余，我们尽可能地偶尔见面。我们将贪婪地沉溺于彼此，直至燃烧殆尽……然后回归禁欲的冷清。

谁知道呢？这或许才是既能保持创作激情，又能维持爱情的最佳方式。谁又能断言，倘若我们日日相伴，不会对彼此感到厌倦呢？猜疑与嫉妒或许会滋生；随之而来的，便是争吵与冷漠……最后，我们恐怕会陷入一种出于固执或习惯的维系，而不是如今这般自然的吸引。而如今，我们是如此情意绵绵。

不过，我相信我们不会走到那一步。你如此善良、如此温柔、如此无私，绝非其他那些自私贪婪、占有欲过强的女子可比。噢，我知道，你深爱着我，我若是察觉不到，不以同等的爱意回报你，那我简直愚蠢透顶、罪无可恕。

那天，你注视着我，满眼爱慕。（是的，我在你的眼眸中看到了崇拜——那么，在我的眼里，你又看到了什么呢？）你认为我坚强而热情。然而，现在回想起来，我觉得彼时的自己太冷漠了。我本可以给你更多爱抚与激情；我将尽力抹去那晚的印记，正如那一晚抹去了之前的一切一般。

你不再怀疑我对你的爱意，是吗，亲爱的路易丝?你确信我是爱你的,我将爱你很久。但我不会对你立下任何誓言,不会对你做出任何承诺。我保留自己的自由,正如你保留自己的自由一样。"当你不再对我感到心动时,我不会让你痛苦太久",这是你曾说过的话。噢!可怜的女人,你不知道这句话是如何刺痛了我。可你错了,我发现你让我更加心动了。

我回忆起你那晚的模样——月色下,你的脸庞掩映在头巾之下,两缕卷发垂落在额前;你依偎在我身侧,俯视我的双眸闪烁着光芒;你的嘴唇微微颤抖,牙齿不住地打战……还有你身体那柔软的温暖,当我第一次触碰它,我们紧紧依偎时,你可还记得,我曾如何为之陶醉?

再见,带上我全部的吻,那些你说是我教会你的吻,那些我渴望能够每时每刻洒遍你全身的吻。我仿佛看见此刻你就在我眼前,在我的亲吻下,因情难自禁而沉溺。再见,我的爱人,吻你的唇。

(另,以备不时之需,杜·坎普的地址是玛德莲广场26号。不过,我想他两三天内就要启程旅行了。)

克鲁瓦塞 星期日晚 1846.9.13

心灵荒原

我内在孤独，外在亦是孤独

在你今天早晨的来信中，有一个词，我似乎没理解透彻，你将"背叛"一词用在我身上，是什么意思呢？你是想说：我似乎爱上了另一个女人？但你所说的"爱"又是指什么呢？你知道，这个词的边界宽广得不可思议。人们不是既可以说"我爱翻领长靴"，也可以说"我爱自己的孩子"吗？

你夸大了我的人际关系，才会将你的孤独与我的境况相提并论。但你错了，真正孤独的人是我，一直如此。你难道没有注意到，就在芒特拉若利的那天，我有两三次出神，你惊讶地问我："多么古怪的性格啊！你在想什么呢？"我也不知道自己在想什么，但你偶尔见到的这种走神，对我来说是常态。我不属于任何人，不属于任何地方，既不是某个国度的人，也未必属于这个世界。人们围绕在我身边，我却不融入他们之中。因此，死亡从我身边带走的人，并未真正改变我的内心状态，只不过使它更加纯粹罢了。我内在孤独，外在亦是孤独。

我在这里拥有什么呢？一些爱我的人，但屈指可数，仅此而已。可是，被爱不是一切。人生不能仅靠温存度日。那些柔情蜜意固然美好，但只能点缀片刻，适用于稀少而庄重的瞬间。真正使日子变得可爱的，是思想的流动、灵魂的共鸣、梦想与渴望的袒露、思考与信念的碰撞。但在这世上，又有多少人能在哪怕最琐碎的事情上意见一致？比如，如何准备晚餐，如何装配马车。更何况是在思想的世界！

我还发现一个真理——我早在某处凭借直觉写下它，在近十个月的实践中印证了它的正确："让人最痛苦的，往往是那些我们最爱的人。"仔细想想，你就会明白，我的内心世界并不像你认为的那样轻松愉快。

有件事儿我必须责备你,这令我感到震惊,甚至愤怒,那就是你现在对艺术的漠不关心。你对名誉不在意,我可以理解;你对艺术——这世上唯一真实且美好的事物,竟然也如此冷淡?你怎能将尘世之爱与之相提并论?你怎能让自己对相对美的崇拜凌驾于绝对美的信仰之上?

我要告诉你——我唯一值得称道的品质(甚至可以说,唯一珍视的东西)就是:我崇敬美。你却在美之中掺杂了大量无关之物,功利、愉悦,甚至更多莫名其妙的东西。

你该去请教哲学家,让他为你解释1819年那堂课上关于"纯粹之美"的概念,那才是我所理解的美学。下次见面,我们再好好谈谈这一问题。

我最近在读一部印度戏剧《沙恭达罗》[1],同时也在学习希腊语。只是我的希腊语学得并不顺利,你的身

---

1 《沙恭达罗》,指印度古代戏剧家迦梨陀娑的七幕诗剧,讲述少女沙恭达罗(梵语中意为孔雀女)与国王豆扇陀的恋爱故事。

影总是浮现在书页与我的双眼之间,挥之不去。

  再见,亲爱的。乖一点儿,深深爱我,我也会更加深爱你,因为这正是你所渴望的,不是吗?我那不知满足的爱人。献上千千万万个吻,以及千千万万缕柔情。

克鲁瓦塞 星期五晚 1852.1.16

文学宣言

我想写一本虚无之书

我所认为的美好，或者更确切地说，我想要的成就，是写一本"虚无之书"——一本毫无外在支撑、完全依靠风格的内在张力而成立的书，宛如无所凭恃的大地，却能悬于空中。我想要的，是一本几乎没有主题的书，或者说，其主题微不可查、几近隐形——如果这可能实现的话。最伟大的作品，往往是素材最少的，那些最接近思想本身的表达，仿佛紧贴于思想之上，直至与之融为一体的语言，才称得上真正的美。我相信，艺术的未来便在此道。

我看到艺术的演进，它在成长的同时不断升华，尽可能地趋于精纯。从埃及的方尖碑到哥特式的尖顶拱券，从印度的两万行长诗到拜伦奔放的短句。形式越臻于醇熟，便越趋于虚化。它摒弃一切繁文缛节、既定规则、固有尺度；它放弃了史诗，投向小说；它舍弃韵律，归于散文；它不再拘泥于任何正统，如同催生它的每一道意志那般自由。这种对物质性的超脱，体现在方方面面，甚至连政体也随之演变，从东方的专制统治到未来的社会主义，莫不如此。

正因如此，艺术的主题并无美丑、优劣之分。若从纯粹艺术的视角出发，甚至可以说根本没有所谓的"主题"，因为风格本身，就是一种看待事物的绝对方式。

我需要写整整一本书，方能充分阐释自己想要表达的意涵。待到垂暮之年，当我再无更值得挥洒笔墨的东西时，我自会将这一切记录下来。而现在，我正全心投入于自己的小说创作之中。圣安东尼[1]的黄金时代会再度降临吗？上帝做证，但愿这次的结果能有所不同！我写得很慢，四天才写了五页，但至少目前，

---

1 圣安东尼，可能是指福楼拜正在创作或构思的作品《圣安东尼的诱惑》。

我仍乐在其中。我在此寻回了几分内心的宁静。外面天气糟透了，河水奔腾，其势宛若海洋，窗外连猫的踪影都不见，唯有我独燃炉火，暖意融融。

布耶[1]的母亲以及整个卡尼，都因为他写了一本"有伤风化"的书而对他怒目而视，闹得满城风雨。人们认为他才华横溢，却也因此堕落，他成了一个"弃民"。倘若我曾对布耶的作品及其人品有过任何怀疑，如今也已彻底烟消云散。这种"殊荣"正是他欠缺的，再也没有比这更崇高的嘉奖了——被自己的家人和故乡放逐！（我说这番话是完全认真的。）有些羞辱，能够洗刷所有的荣耀；有些嘘声，远比掌声更加悦耳动听。如此一来，在他未来的传记中，必将依照历史的惯例，被正式归入伟人之列。

你在信中提醒我，我曾答应要写一封满溢柔情蜜意的信给你。好吧，我将向你倾诉自己的真心。或者

---

[1] 布耶，法国诗人、戏剧家，福楼拜的挚友与创作引路人。布耶对福楼拜的文学创作有重要影响，特别是在福楼拜创作《包法利夫人》时给予重要建议和支持。

说，如果你愿意的话，我将发起一场情感清算，但这绝不是因为情感破产（啊！这一说法还挺妙的）。

从最崇高的意义上来说，从那种神秘而梦幻、令心灵因无望而干涸的意义上来说——不，这不是爱。年轻时，我曾对这些情感问题探究过深，以至于在今后的岁月里，都为此感到头昏脑涨。我对你的感情，是一种复杂的混合体：既有友谊的温存、吸引、敬重、温柔的怜惜，也有感官的冲动——这些交织成了一种难以命名，但我觉得稳固的情感。在我的灵魂深处，为你留了一隅温暖的祝福。你占据着一个柔软的角落、一处只属于你的温柔天地。如果我爱上别人，你仍然会驻留于此（在我看来是这样的）；你如同妻子，亦是我心之所归。况且，如果否认这番心迹，岂不是一种自欺的诡辩？

好好审视自己的内心：你曾拥有的感情，有哪一种真正消失过了呢？没有，一切都留存了下来，不是吗？一切皆是如此。那些在我们心中长眠的木乃伊，永不会化为尘土。每当你低头探望，便会看到它们在黑暗的地窖里，睁着不朽的双眼，静静注视着你。

感官会引领你去向别处；变幻无常的欲念，偶尔会被新奇的光彩吸引。但这又有什么关系呢？如果当初我用你期望的方式爱你，那么如今，我的爱意反倒不会如此深沉了。那些源源不断地从你心底渗出的情意，终将凝结成钟乳石。这远胜过汹涌奔腾的激流。这才是我所坚信的真理。

是的，我爱你，我可怜的路易丝，衷心期盼你的人生能以最温柔的方式展开，如同铺满细沙的海滩，点缀着鲜花，洋溢着欢笑。我爱你的美丽与坦率，爱你手掌的温度，爱我的唇触碰到你的肌肤时的细腻触感。如果我看起来对你冷漠，那请你明白，这不过是我自身那些难以摆脱的悲伤、神经质的尖刻，以及如死气般笼罩我的忧郁在作祟。在我的内心深处，始终弥漫着故土中世纪的味道。那气息像是迷雾，像来自东方的瘟疫，又像是鲁昂那些斑驳的老旧木屋，精美雕饰、彩色玻璃窗和铅制屋顶摇摇欲坠。而你，我的美人，就居住在这样的世界里，我劝你，最好小心那些蚊虫，它们会咬人的。

再吻你玫瑰般的唇。

克鲁瓦塞 星期六下午5点 1852.9.4

与庸众的抗争

人为什么不能活在象牙塔中呢?

看来,我们近来的境况都不太好。在某种意义上,我们之间倒是存在着共鸣(共鸣这个词的本义,就是共同受苦)。我并非有意将自己的烦恼与你的困境相比,但此刻,我个人的烦恼也已达到极限。

我被身边的人搅扰得心绪不宁,以至于今天下午什么都没写成。我的母亲一直在哭泣,对一切都充满怨怼!(家庭真是个了不起的"发明"啊!)她跑到我的书房,向我倾诉那些鸡毛蒜皮的家庭悲剧。我不能把她赶出去,但真是恨不得这样做。

我原本为自己的生活划定了一个极小的私人领地。

一旦有人试图闯入，我便会怒火中烧、血气上涌。此前，我对杜·坎普百般忍让，但当他试图踏足这片禁地时，我立刻亮出了利爪。如今，我的母亲声称家中的仆人辱骂了她（但这并非事实）。我不得不出面调解，劝说仆人去道歉（哪怕他们根本没错）。这一切，真是让人烦透了。有时候，我简直被这一切压得喘不过气来。

更糟的是，我还要被打扰——但我一定要想办法让自己不受干扰——一个表妹要来这里小住两个月。人为什么不能活在象牙塔中呢！

...

今天早晨，你的来信令我感到悲伤。可怜的女人，我是多么爱你啊！你怎么会因为一句意义恰恰相反的句子而受伤呢？明明那句话恰恰表达了一个人对另一个人所能怀有的最坚定的爱！噢！女人啊！女人！请你少一些"女人气"，只在床上女人一些吧！你的身体难道不令我燃烧吗？当我拥抱你时，你难道没有看到我如何如痴如醉地凝视着你，双手在你光滑的肌肤上流连？即使在回忆中，你的影像也依然让我心神不宁。而如果我没有更频繁地梦见你，那只是因为人不会梦见自己真正渴望之物。

这周，尽情呼吸树林的空气吧，看看那些树叶，就只是把它们当成树叶来看。要想理解自然，就得像自然一样平静。

不要再为任何事情悲叹——抱怨一切令我们痛苦或烦躁的事物，无异于抱怨整个存在的本质。而我们生来就是为了描绘存在，仅此而已。我们应该怀有一种宗教般的虔诚。对我而言，所有降临到我身上的不幸之事，无论大小，都只会让我愈发紧紧地抓住自己永恒的关切。我双手紧紧地抓住它，闭上双眼。只要不断呼唤恩典，它终会降临——上天怜悯朴实之人——而阳光，永远都会照耀那些心灵坚韧，能站上高山之巅的人。

我正转向一种美学神秘主义（如果这两个词可以并用），并希望它能更加强烈。当外界不再给予任何鼓励，当世界令人厌倦、虚弱、腐化、麻木，正直而敏感的人们就不得不在自己内心寻找一片更为纯净的领地，以便在那里栖居。

如果社会继续这样发展下去，我相信，神秘主义者将再次出现——如同所有黑暗时代都会诞生的那样。当灵魂的呼喊无处倾诉，便只能转向内敛。普遍的忧郁、世界末日的信仰、对救世主的期待——这一切都快要回来了。但如今少了神学的支撑，这股潜在的狂热之情又将依托何处？有人会在感官享乐中寻求慰藉，有人会在古老的宗教中重拾信仰，还有人会把希望寄托于艺术。而人类，将如同沙漠中迷途的犹太部族，开始崇拜各式各样的偶像。

我们这些人生错了时代。再过二十五年，各种思潮的交汇点必将蔚为壮观。届时，若有真正的能手，尤其是散文这种更为年轻的文体形式，将能演奏出一场震撼人类灵魂的交响乐。像《萨蒂利孔》[1]和《金驴记》[2]般的杰作或将重现，甚至在精神上的恣肆放纵，

---

1 《萨蒂利孔》，古罗马作家盖厄斯·佩特罗尼乌斯创作的长篇讽刺小说。
2 《金驴记》，古罗马作家阿普列乌斯创作的长篇小说，该书被认为是现存欧洲古代神怪文学中最重要的一部。

超越它们在感官上的迷醉沉溺。

而这正是世界上所有的社会主义者都不愿看到的景象，也是他们永恒的唯物主义说教所否认的。否认痛苦的存在，等于亵渎了现代诗歌的四分之三，亵渎了"在我们血脉中流动的基督之血"——没有任何力量能够彻底拔除这种血脉，也没有任何手段能够使其枯竭。重要的并非使其干涸，而是为其疏浚河道，开凿溪流，使其奔流不息。如果人类不再感受到自身的局限，不再意识到生命的虚无（而这正是他们的理论的必然结果），那么我们岂不是要比鸟类更加愚蠢？至少鸟类还懂得要栖息在枝繁叶茂的树木之上。

此刻，灵魂正沉湎于听到的空洞言辞之中，昏昏欲睡。但是，它终将迎来一场狂热的觉醒。届时，灵魂将像挣脱一切束缚的奴隶一样纵情狂欢，因为它周围将不再有任何能阻碍它的事物——既没有僵化的政府，没有陈腐的宗教，也没有任何形式的条条框框。在我看来，那些形形色色的共和主义者，简直是世上最顽固的教条主义者，他们痴迷于构建种种严密的组织、制定条条框框的法律，梦想着一个如同修道院般的森严的社会。而我恰恰相反，我看到一切僵化的规则都将瓦解，一切人为的藩篱都将被推倒，辽阔的大地正在变得平坦。这场看似巨大的混乱，或许反而能够孕育出真正的自由。

总是先于时代而行的艺术，至少也遵循了这一发展轨迹。如今，还有哪种陈旧的诗学依然屹立不倒呢？甚至连精妙的造型艺术，也变得愈发难以企及，因为我们使用的语言被束缚得越来越精确，而我们的思想越来越模糊、混杂、难以捉摸。因此，我们当下所能做的，或许只是凭借娴熟的技艺，将那把已被无数次弹拨过的吉他弦绷得更紧，我们只能做"演奏大师"，因为在我们这个时代，天真早已成了虚妄之物。

随着天真纯朴的逝去，诗意盎然的如画风景也几乎从这个世界上消弭殆尽。但诗歌不会死，这种古老而又常新的艺术形式，绝不会真正消亡。只是，未来的诗歌将会是什么模样呢？我实在难以预见。谁又能知道最终的答案呢？或许，曾经无比珍贵的美，在未来会沦为一种对人类而言毫无实际用处的无用情感。而艺术，也将变成某种介于冰冷的代数公式与抽象的音乐符号之间的奇异事物。

既然我已然无法窥见变幻莫测的明天，我多么希望能够重返那令人眷恋的昨天！我为何没能生活在盛世繁华的路易十四[1]时代？那时我可以头戴精致的假发，身穿优雅的紧身袜，与伟大的笛卡尔先生促膝长谈，辩论哲学！我为何没能生活在诗歌繁荣的龙沙[2]时代？我又为何没能生活在骄奢淫逸的尼禄[3]时代？那时我或许可以与博学睿智的希腊修辞学家促膝而谈！我或许可以乘坐装饰华丽的大篷车，悠然驰骋在宽阔的罗马大道之上，并在华灯初上的夜晚，与四处云游的库柏勒[4]一同下榻在简陋的旅馆之中，把酒言欢！但最令我

---

1 路易十四，法兰西波旁王朝第三任国王，也被称为"太阳王"，在位长达七十二年多。

2 龙沙，法国第一位近代抒情诗人，文学团体七星诗社的代表人物。

3 尼禄，罗马帝国皇帝，其统治常与暴政和奢侈联系在一起。

4 库柏勒，弗里吉亚所信仰的地母神，是大自然生命力的化身。

心驰神往的,或许还是文化鼎盛的伯里克利[1]时代。那时我便有机会与才情横溢的阿斯帕西娅[2]共进晚餐,她头戴紫罗兰花冠,吟诵着动人心弦的诗歌,而我们被四周的白色大理石墙壁环绕……

但这一切,都已经无可挽回地结束了。这样美好的梦想,终将如泡沫般幻灭,一去不复返。或许,我曾在所有这些令人神往的时代都真切地生活过,就在我之前的某个无人知晓的前世。我甚至确信,在辉煌的罗马帝国时期,自己曾是一位四处奔波的巡回剧团的团长,就是那种会远赴遥远的西西里岛,精心挑选并买下年轻貌美的女子,同时将她们悉心培养成光彩夺目的女演员的家伙,集令人尊敬的教师、令人不齿的皮条客和令人艳羡的艺术家三重身份于一身的人。在古罗马剧作家普劳图斯[3]的喜剧中,那些形形色色的

---

[1] 伯里克利,古希腊政治家、演说家,雅典民主黄金时期的代表人物,被认为是推动雅典民主政策改革的关键人物。

[2] 阿斯帕西娅,雅典政治家,美貌与智慧并重,伯里克利的爱人及政治伙伴。

[3] 普劳图斯,古罗马喜剧作家,以创作情节复杂、人物生动的喜剧而闻名,音乐剧最早的先驱者之一。

无赖形象，真是被描绘得栩栩如生。而每当我饶有兴致地阅读他们的故事时，竟有种似曾相识的感觉，好似唤起了自己内心深处某些往昔岁月的隐约回忆。

你是否也曾体验过这种历史深处的神秘战栗呢？

再见，深深地拥抱你，我完全属于你，无处不在，亦无时不有。

克鲁瓦塞 星期日晚11点 1852.9.19

言不及义的困境

言语会承载过多的思想，放大、扭曲甚至遮蔽本意

亲爱的路易丝，你得允许我不奉承你的心理洞察力。你竟然天真得像个孩子，轻信了罗杰太太对你说的那些话。这个小妇人，不过是个装腔作势的角色。依我看，她请求给布耶写信，简直和主动敞开双腿献媚没什么两样——问题是，她自己意识到这一点了吗？这才是最难以看清的地方。我不相信她那套"被丈夫的放纵折磨得身心俱疲"的说辞，也不相信她所谓"与灵魂和心灵共度的长夜"，尤其是后者，既不真实，也不真诚。她爱的是别的东西。

至于她所谓对雨果[1]长达十年的"柏拉图式的爱恋",在我看来也像是一个弥天大谎。雨果恐怕早已看透了一切,并充分利用了她的痴迷,顺水推舟——毕竟,他是个好色之徒。除非这场"爱恋"本身是一场精心策划的表演。你注意到没有?她从不吐露全部实情,绝不承认自己与埃诺的关系,始终只讲半截话。这一切的背后,尽是可怜与虚妄!她或许并非有意撒谎,毕竟人有时很难看清自己内心的真实想法,尤其是在言语表达时,言语会承载过多的思想,放大、扭曲甚至遮蔽本意。再说,女人哪怕在伪装中也难掩天真,她们很容易把自己编造的角色当真,最后甚至活成自己塑造的形象。而且,世人还普遍受一种荒唐的观念毒害,认为人必须贞洁,必须追求理想,只能爱慕灵魂,肉体是可耻的,唯有心灵之爱才值得推崇。"心灵!心灵!"——啊!这是一个多么可怕的词语,它能把你引入何等荒唐的境地!

她提到想要在你获奖那天赶回你身边,提到雨

---

[1] 雨果,法国著名作家、诗人,浪漫主义文学的代表人物。

天里苦等的马车等，这些或许是真的。还有她对婚姻的沉重负担的抱怨，这也不假。但她不会告诉你，在忍受丈夫的同时，她内心渴望着另一个男人，甚至在厌恶之中，因为这种幻想，她可能还生出几分隐秘的快感。我敢打赌：他们终将互吻，而且即使到了第七十二次，她仍然会坚称他们之间什么都没有，"没什么，我只是在心灵或精神上爱着他"。但事实是，男女之间的肉体之欢，才是人类所有温情的根源。这并不等于温情本身，但正如哲学家所说，它是温情的基底。从来没有哪个女人会爱上一个太监。而母亲对孩子的爱胜过父亲，正是因为孩子是从她们的腹中而出，那根爱的脐带仍然留在她们的心中，未曾剪断。

是啊，一切皆源于此，无论这一点多么令人感到羞愧、多么难以启齿。我自己也渴望成为天使，厌倦了自己的肉身，厌倦了吃饭、睡觉等各种欲望。我曾向往修道院的清苦，婆罗门的苦修。正是对这副臭皮囊的厌恶，促使人们发明了宗教，塑造了艺术的理想世界。鸦片、烟草、烈酒，都在迎合人们想要逃离的渴求。因此，我从父亲那里继承了一种近乎宗教的怜悯，怜悯那些醉汉——我和他们一样，有着执拗的沉溺和清醒后的幻灭。

我的《包法利夫人》[1]是诚实面对肉体问题的小说。她真让我头疼！不过，我总算开始稍微理清头绪了。我这辈子从未写过如此困难的东西，尤其是那种琐碎庸俗的对话！这场客店里的戏，或许要花上我三个月的时间，我一点儿把握都没有。有时我甚至想哭，因为我深感自己的无力。但我宁愿为此绞尽脑汁，也不愿草草了事。我必须在同一段对话中安排五六个说话的角色、几个被提及的角色，还要交代地点、背景，描写人物和事物的外貌，并在这一切的背景下，展现一对男女如何因为共同的兴趣爱好而开始互生情愫。如果我还有更多的篇幅就好了！但一切又必须快速推进，要简洁而不干瘪、丰富而不拖沓，同时还要为后续情节留下伏笔，以便在后面展现更具冲击力的细节。我打算先拟个大致的框架，快速完成初稿，不断地修改润色，希望最后能使文章变得紧凑起来。句子的锤

---

[1] 他写此信时正在创作《包法利夫人》，1856年完成全著。

炼本身就令我十分痛苦，更让我难受的是，如何让再普通不过的人物，用"书面风格"说话——语言的修饰会削弱多少生动的表达！

可怜的路易丝，你还在跟我谈论什么光荣、未来、喝彩。这个陈旧的梦想，对我来说已经不再具有吸引力，虽然它曾让我困顿许久。我在此并非故作谦虚——我对一切都不抱希望。我怀疑一切，但这又有什么关系呢？我已经认命，要像奴隶一样终身劳作，不奢求任何回报。这不过是我不断抓挠的一块溃疡，仅此而已。我脑海中积压的书籍，比我此生能写完的还要多，尤其是以我现在的写作速度，恐怕到死都写不完。我不会缺少事情可做（这才是最重要的）。只要上天能一直给我提供热情和灵感，我就满足了！

上个世纪，一些文人墨客不满剧院演员对他们的剥削，想要反抗。有人劝皮隆"挂上铃铛"[1]，他却拒绝了。"可你并不富裕啊，可怜的皮隆先生"，伏尔泰对

---

[1] 皮隆，法国剧作家，以辛辣的讽刺作品而闻名。"挂上铃铛"常用于法语口语，表示为某项困难的工作扫清障碍、开辟道路。

他说。"或许吧,"皮隆回答说,"但我对此毫不在意,我天性富足。"这句话说得漂亮,面对世俗的许多事情,我们都应该遵循这种态度,除非你下定决心要一枪崩了自己。而即使设想成功降临,又能从中得到什么确定的保障呢?除非你是个傻瓜,否则总是带着对自身和作品价值的怀疑而死去。维吉尔临终前甚至还想让人烧毁《埃涅阿斯纪》[1]。为了他的名声,他或许真的应该这样做。当人们将自己与周围的人相比时,难免会自鸣得意。可一旦将目光投向更高处,望向那些大师,望向梦想的极致,人们就会感到自己的渺小,是多么地自惭形秽!

这些天,我读到了一篇很有趣的文章,是关于名厨卡雷姆的生平的。不知怎的,我忽然想到这位传奇的酱汁发明家,于是在《世界传记辞典》中查阅了他的名字。他的一生真是伟大,堪称一位狂热艺术家的典范,这会让许多诗人都羡慕不已。

---

1 《埃涅阿斯纪》,古罗马作家维吉尔创作的著名史诗,取材于古罗马神话传说,被视作西方文学史上第一部文人史诗。

以下是他的一些语录,当人们劝他保重身体、少工作时,他说:"煤炭会夺走我们的生命,但这又有什么关系呢?少活些日子,多创造些荣耀。"在他的一本书中,他承认自己是个美食家,却说:"可我深深地感受到自己的使命,所以我从未沉溺于口腹之欲。"对于一个以烹饪为艺术的人来说,这句话真是意味深长。

…

出版、文人圈、巴黎——每当想到这些,我都感到一阵恶心。或许我这辈子都不会让任何一台印刷机为我轰鸣。又何必如此费心费力呢?再说,我真正的目标也根本不在那里。无论如何,如果我有一天真的踏入这摊浑水,那我也会像当年走在开罗的街头一样——那时正下着雨,我穿着一双俄制皮靴,靴筒高及腰部,任污泥溅起,也不曾沾湿分毫。

兜兜转转一大圈后,我的思绪最终还是回到你身上。我依恋着你,如同疲惫的旅人在路旁的草地上躺卧歇息。每当醒来,我想到的仍是你,在白昼的光影里,你的倩影时时浮现在我寻章摘句的字里行间。

哦，我那可怜的忧郁爱人，请你留在我身边吧！我是如此空虚！如果说我曾深深地爱过，那么作为回报，我却鲜少被爱（至少在女人那里是这样），而你是唯一一个亲口对我说爱我的人。至于其他的女人，她们或许曾经在激情的狂喜中叫喊，又或者像乖乖女一样，只在一刻钟或一夜之间爱过我。可"一夜"太漫长了，我几乎记不起来了。我得说是她们错了，我比她们以为的更值得被爱。我甚至替她们感到惋惜，因为她们没有好好珍惜我！

那种辞藻华丽而又激情四溢的爱恋，你所说的有着珍珠贝母般光泽的面颊，还有那如同高乃依[1]笔下描绘的翻涌的柔情，我曾经拥有这一切。但是，如果当时真的有人捡走了我这可怜的无价之宝，我或许会因此而发疯。所以，这也许是一种幸运，我现在才不至于变成一个白痴。如今，阳光、清风、雨露带走了一部分，很多东西都已深埋于地下，而剩下的都属于你，

---

1 高乃依，法国古典主义悲剧的代表作家，与拉辛和莫里哀并称为"法国古典戏剧三杰"。

完全属于你。

布耶很快会给你寄去两首诗歌，供你谱曲（不过他对此表示怀疑）。他已经去睡觉了。明天我将亲自把这封信拿到邮局去寄。我必须去鲁昂参加一个葬礼，这真是个苦差事！让我感到悲伤的倒不是葬礼本身，而是一想到必然会出现在那里的市侩之辈，我就觉得恶心。说实话，我对大多数同类（指人类）的厌恶感正变得日益强烈。

再见了，千般柔情，万般爱抚。我们会在芒特拉若利重聚，正如你所期望的那样。

吻你的所有。

克鲁瓦塞 星期六晚 1852.4.24

文明的未来

艺术会越来越科学，科学也将变得更具艺术性

啊！亲爱的路易丝，我真是高兴极了。这真是个美妙的时刻。今天，我终于完成了手头的工作，而且时间尚早，我打算按你的心愿，多和你闲聊一会儿。

首先，请让我给你一个热烈的拥抱，贴着你的心口，因你的获奖而感到由衷高兴。我亲爱的甜心，这件喜事降临到你身上，我真是比谁都高兴！哲学家的舞会在即将念出你的名字的瞬间戛然而止，这真是别具一格的荒诞喜剧。

如果我没能及时回复你那封满是忧伤与沮丧的信，是因为我一直忙于紧张的工作。前天，我凌晨五点才上床睡觉。昨天则是凌晨三点。从上周一到现在，我放下一切杂务，全身心地埋头专注于《包法利夫人》，然而进展缓慢得让我苦恼不堪。现在，我终于写到了舞会这一段。下周一，我将开始动笔描写，希望接下来能更顺利。从你上次见到我到现在，我写了整整二十五页。这六周里写下的二十五页，每一页都像是在石磨上碾过才挤出的，过程无比艰难。明天，我要把这些稿子读给布耶听。至于我自己，这些文字已经被我改了又改、抄了又抄，反复推敲、雕琢，现在已经看得眼花缭乱，浑然不知所云了。但我相信，这些文字至少还站得住脚。

你在信中向我倾诉自己的沮丧。如果我让你见识过我的沮丧，你又会做何感想？有时候，我真不知道自己怎么还能撑着不让双臂垂落，不让脑袋变成一团糨糊。我过着一种冷峻、封闭、与世隔绝的生活，没有任何外在的欢愉能支撑我。唯一的动力，是内心深处那股近乎疯狂的执拗，这让我有时因无能为力而悲泣，却始终没有停下脚步。我对自己的创作抱有一种病态的、狂热的、扭曲的爱，就像苦行僧迷恋那磨砺肌肤的苦行衣一样。

当文思枯竭，当我苦寻表达却一无所获，当我涂满整页纸后却发现一句像样的句子都没有时，我便颓然瘫倒在沙发上，茫然若失，陷入一种无边的厌倦与烦闷中。我恨自己，咒骂自己这疯狂的自负，竟让我对虚无缥缈的幻想如此执迷不悟。这是多么愚蠢、多么傲慢。然而，仅过一刻钟，一切便天翻地覆——我的心跳因喜悦而加速。上周三，我甚至不得不起身去找手帕，因为泪水不受控制地滑落。我竟被自己写出的文字打动了。我沉醉在这奇妙的享受里——既陶醉于那种情感，也陶醉于精准捕捉的语句，同时又因能将其完美呈现而满足。至少，我相信在那一刻，这种激动里应该包含了这些成分，尽管归根结底，神经的作用恐怕更占主导。

在这之上，还有更高级的境界，那是一种完全超越感官的情感体验。在这种境界下，道德意义上的美也无法与之比肩，因为它们完全不受个人情感与人际关系左右。我曾在极少数灵感迸发的日子里，隐约触及过这种境界。在狂热的激情照耀下，我的皮肤从脚跟到发根都在战栗。那是一种超越生命的灵魂境界。在那里，荣耀不值一提，甚至连幸福都无关紧要。

如果现实世界不是天生就与我们作对，试图将我们拖入泥潭，而是反过来为我们提供一种纯净的环境，那么，谁知道呢？或许在美学上，我们能重新找回某种与斯多葛学派在道德领域的发明相匹敌的东西。希腊艺术不仅是一门艺术，它是一个民族、一个人种，甚至整个国家的根本构造。连群山的轮廓都呈现出截然不同的线条，它们甚至像是为雕塑家量身打造的，石头本身就是大理石……

美已经不再是时代的主题，人类——即便有朝一日会回归——暂时对此毫不在意。时代越向前，艺术会越来越科学，科学也将变得更具艺术性。二者在起点分道扬镳，却将在顶峰汇合。如今，没有任何人类思想能预见，未来的艺术会绽放出怎样的光芒。在等待未来的日子里，我们仍被困在一条幽暗的长廊里，在黑暗中摸索前行。我们缺少支点，脚下的土地湿滑难行。我们这些文学爱好者都丧失了立足之地。这一切究竟有何意义？这些喋喋不休的话究竟能满足什么需求？

我们与大众之间毫无联系。对大众来说，这很糟糕。对我们来说，更是如此。

然而，世间万物都有其存在的理由。在我看来，一个人的幻想不比百万人的欲望更无理，甚至在世界上应占有同等的地位。

因此，我们应抛开世俗，不理会那些否定我们的人；我们应为了自己的天职而活，退居到象牙塔——像沉浸在熏香的舞姬那样，在自己的梦境里独自栖居。

我时常感到深深的倦怠和空虚，甚至在最单纯的满足之中，也会有嘲弄般的怀疑迎面袭来。

即便如此，我绝不愿用任何东西交换，并发自内心地认为自己在履行职责，在服从于某种至高的命运安排。我在行善——走在正途上。

...

让我们聊聊《格拉齐耶拉》吧。这是一部平庸的作品，尽管它已是拉马丁[1]所写的散文里最好的一部。书中有些细节描写还算优美。比如那个仰躺着的老渔夫，燕子飞掠过他的鬓角。格拉齐耶拉将护身符系在床头。她辛勤地制作珊瑚饰品。还有两三处对自然的描绘也不错。比如间歇闪过、宛如眨眼的闪电，不过这大概是仅有的亮点。

首先，说实话，他到底有没有亲吻她？还是根本没有？书中这些人物根本不像活生生的人，只是些木偶罢了。那些爱情故事多么"美好"啊。可故事的核心笼罩在迷雾中，让人摸不着头脑。亲密结合仿佛是种羞耻之事，被有意隐藏，像饮水、进食、排泄这些日常行为一样，被驱逐到阴影中。这种伪装真让我恼火。

一个小伙子，日日夜夜与深爱他的女人相伴，他也爱她，却从未有过一丝欲望。这片湛蓝的护坡上，竟然连一丝混浊的涟漪都不曾泛起。真是个伪君子！

---

[1] 拉马丁，法国著名浪漫主义诗人、作家和政治家。法国诗歌形式的大师，浪漫主义文学的前驱。

如果他能讲真实的故事，那该多好！但真相需要比拉马丁更有男子气概的人。

的确，描绘天使比描绘女人容易得多。翅膀可以巧妙地掩盖缺陷。还有一点，书中那所谓的绝望——他在这种痛苦的状态下游览了庞贝和维苏威火山，顺便自我教育了一番——顺便提一句，这倒是个聪明的学习方式。可笑的是，他在这趟旅程中却不提自己的情感，反而在开篇大肆赞美罗马的圣彼得大教堂。那是多么冰冷、空洞的夸夸其谈啊！但人们必须赞美它，因为这是一种"公认的观念"。

整本书没有任何地方能触动人的内心。他本来可以用那个被轻视的表哥切科来催人泪下，但他没有这样做，最后的分别场景也没有任何令人心碎的感觉。他倒是刻意抬高了简朴的生活，贬低富裕阶层的奢华，宣扬对大城市的厌倦。可实际上，谁会觉得那不勒斯无聊？那里有迷人的女性，物价还公道。拉马丁自己都曾乐在其中呢。那些女性在托莱多大街上与在梅尔杰利纳海滨一样，同样充满诗意。

但他偏要弄虚作假，假模假式地故作端庄，因为他要让贵妇人们读他的书。啊，谎言！谎言！你真是愚蠢至极！如果他能讲述可能发生的真实的事儿，或许还能写出一本好书。比如，一个年轻人在那不勒斯，在众多消遣中，偶然与一个渔家女共度一夜，随后弃她而去。但她并没有因此死去，而是像大多数人一样，自我安慰、继续生活。这种结局更加寻常，也更加苦涩。

在我看来，《老实人》[1]的结尾是天才之作的证明。这平静而荒谬的结局，正是狮子利爪般的天才之笔留下的深刻印记。然而，要写出这样的书，需要独立的人格，这是拉马丁所没有的。那需要像医生一样冷峻地审视人生、直击现实的透彻视野。这才是创造伟大、强烈的情感震撼的唯一途径。

说到情感，我最后再补充一点。在书的结尾，拉马丁特意告诉我们，那首诗是他一气呵成、在泪眼模

---

[1] 《老实人》，启蒙运动时期哲学家伏尔泰的一部中篇讽刺小说，通过讽喻讥笑宗教信仰、神学家、哲学等抨击乐观主义。

糊中写成的。多拙劣的"诗歌创作技巧"啊！是的，我再说一遍，尽管如此，这本书原本可以成为一部杰作。

…

我很赞同哲学家对戈蒂耶[1]诗歌的评价，它们简直不值一提。至于当今文人们的无知，实在令人瞠目结舌。《梅拉尼斯》[2]竟被视为博学之作。可书中提到的东西，随便一个中学毕业生都该知道才对。但如今，人们还读书吗？谁还有时间？谁又在乎呢？

…

人们都在稀里糊涂地敷衍度日，被朋友吹捧几句，就自我感觉良好、飘飘然了。人们逐渐陷入一种精神上的肥胖症，还误以为这是健康的表现！

---

1 戈蒂耶，法国唯美主义诗人、小说家、文艺评论家，主张"为艺术而艺术"。
2 福楼拜挚友、法国作家布耶创作的古罗马帝国时期背景的历史小说，尚无正式的中文译本，法语原名 Melænis。

戈蒂耶本是个天生的艺术家，是个能成为杰出作家的料。可他被新闻业吞噬、被流俗裹挟、被贫困压垮（不，不能冤枉贫困，那可是强者的灵感之源），更准确地说，他是被精神上的堕落拖累——就是这样！这些都让他屈于平庸者之流。啊！如果有个哲学家——文风严厉、笔力沉稳——能狠狠地抽打这些"迷人"的先生们一顿，那该多痛快啊！

…

再来说《格拉齐耶拉》。书中有一整页，通篇都是不定式短语，如"清晨起身"等。一个能写出这种句子的人，耳朵绝对是聋的——这算什么写作？他绝不是真正的作家——他笔下从未有过棱角分明、遒劲有力、铿然作响的句子。

然而，我能想象出一种真正的风格。也许将来某天，有人能创造它。可能是十年后，也可能是几个世纪后——那是一种既有诗的节奏，又像科学语言般精确，同时具备大提琴般的浑厚回响，带着炫目的火花的风格。这种风格能像匕首直刺思想，让思绪如同在其镜面般光滑的表面自由驰骋、顺风扬帆、滑行无阻。

我们必须清楚，散文不过是昨日新生的事物，诗歌才是古典文学的至高形式。各种韵律组合已被探索殆尽。而散文的可能性，还远远没有被挖掘殆尽。

…

罗杰太太的故事让我着迷，那位船长的形象也塑造得很好，多好的人啊！你发给我的那段对话，给我的冲击不亚于某些莫里哀作品的片段。对话简洁有力，又充满诗意。可怜的小女人！当她发现深爱的人只是个蠢货时，该有多么悲伤！

我真希望亲眼见证她探访船长房间的一幕，看他们之间那些滑稽可笑的礼节周旋！你是能体会这些的，你该把自己的文学目光更多地投向这些人性细节的描绘上。你有敏锐、细腻、深刻的洞察力，尤其是在喜剧方面，可惜你不曾好好培养。

你身上还有另一种特质，是血性、炽热、激情汹涌，有时甚至会溢出来。你得给这部分特质套上束身衣，从内部加以约束和强化，使之更加凝练。

...

你信里说，我寄给你的关于女性的思考很有趣。认为她们并不真正属于自己。这是事实。她们从小被教导如何撒谎，被灌输了太多谎言。从来没有人对她们说过实话。而当有人不幸地对她们坦诚相待时，她们反倒为这种"怪异"感到恼怒。我对她们最大的批评，就是她们非要把一切东西变得诗意化的执念。

一个男人可能爱上他的洗衣妇。他明知她很蠢，但这丝毫不影响他的爱。可一个女人若爱上无赖，那他在她眼里就成了"被世人误解的天才""高贵的灵魂"之类。正因这种天生的"斜视"，她们既看不到真相，也识别不了真正的美。

这种劣势，从纯粹的爱情角度来看，或许反而是种优势，但也正是她们抱怨不断的失望之源。她们的通病，就是总想着向苹果树索要橙子。

克鲁瓦塞 星期六至星期日凌晨1点 1852.5.15—5.16

我的灵魂是天蓝色的

唯一能限制它的，只有真理的边界

周日的夜晚降临时，我正埋首于一页未完的稿纸，这一页已困扰了我整整一天，却依然遥遥无期。我暂且放下这未竟之业，转而给你写信。不然的话，即使我一直埋首苦干，恐怕也要到明晚才能完成。我常常为了寻觅一个合适的词语，耗费数个小时之久。而现在，我还卡在几个词上，反复斟酌。如果我非要等到文稿完成再给你回信，恐怕你又要等待漫长的一周了。

话虽如此，我近几日的创作状态还算不错，除了今天。今天我遇到了诸多难题，思绪如陷泥沼，简直寸步难行。如果你亲眼看到我删减了多少内容，手稿被修改得多么面目全非，定会感到无比惊讶！目前，我已完成了约一百二十页的稿件；但实际上，我最初至少写了五百页之多。你猜前天下午我是怎么度过的？我竟然花费了整个下午，透过彩色玻璃观察乡野风光。为了创作《包法利夫人》中的一页，我迫切需要这样的体验。我相信，那一页的质量应该不会令人失望。

亲爱的路易丝，你很想与我相见吧。我也是一样。我真的很想你，迫不及待地想要拥抱你，将你紧紧地搂入怀中，这份情感如此真挚、如此迫切。我希望，大约在下周末，我能确切地告诉你，我们何时能够如愿相见。

本周，我将会接待几位素未谋面的表姐妹，她们的到来或许会打破我平静的生活。我听闻她们相当活泼、外向，至少其中一位是这样。她们来自香槟地区，父亲在迪耶普担任税务局局长。前天和昨天，我的母亲去探望了他们。那两天，我都是独自一人，只有家庭女教师相伴。但请你完全放心，我可是清清白白的，甚至连一丝动摇的念头都不曾出现。

本月底,我侄女(我哥哥的女儿)要举行第一次圣餐礼,我受邀参加两次晚宴和一次午宴。到时候,我会好好地吃一顿,这至少能让我暂时忘却烦忧。在这种庄严肃穆的场合,我如果不大快朵颐,还能干什么?这就是我目前"外部"生活的真实写照,平淡而琐碎。

至于"内在"生活,则没什么新鲜事儿,依旧平静如水、波澜不惊。这周我读了《罗多庚》和《西奥多》[1]。伏尔泰先生对它们的评论真是令人作呕,简直愚蠢至极!他明明是一个聪明人,但在艺术领域,聪明几乎毫无用处。它只会扼杀激情,否定天才,仅此而已。

评论这种行当到底有什么意义呢?连伏尔泰这样杰出的人物,都做出了如此糟糕的示范!然而,好为人师、指点他人、教人如何做好自己的本职工作,实在是一件令人愉悦的事情。这种贬低他人、抬高自己的癖好,正是我们这个时代的道德痼疾,在文学界尤

---

[1] 《罗多庚》《西奥多》,高乃依的两部悲剧作品。

为盛行。平庸之辈们靠这种廉价的"食粮"养活自己，这种食粮看似严肃，实则空洞。相较于理解，批评显然更加容易。毕竟谈论艺术、美的理念、理想等，远比创作哪怕是最短的十四行诗或一句流畅的句子要容易得多。

我常常想，要不要干脆写一本剖析这类问题的书，把这一切说个透彻，一劳永逸。但这还是留待我年老体衰、墨水枯竭、写不动小说时再说吧。要是能写一本《如何解读古代》，那将是多么浩大的工程、多么独特的创见啊！这需要耗费毕生的精力才能完成，但归根结底，这又有什么意义呢？还不如多听听音乐，让自己沉浸在韵律里，在节奏的起伏中，深入探索心灵最幽深的隐秘之处。

我刚才提到的这种贬低一切的恶习，在法国尤为盛行。法国——一个崇尚平等却极端反自由的国度。在我们亲爱的祖国，自由被视为危险之物。人们心中的国家理想难道不像一个庞大的巨兽吗？它吞噬一切个人行为、一切个性、一切思想，并包办一切、支配一切。说到底，在他们的内心深处，潜藏着一种神权专制的冲动："必须规范一切，必须彻底改造，必须在新的基础上重建一切"……没有一种荒谬或邪恶的想法，不会在这种幻想中找到立足之地。我发现，现在的人们比以往任何时候都更加狂热，但他们狂热崇拜的，却是他们自身；他们口中歌颂的，也无非是他们自身，即使他们的思想能够超越日月星辰、吞噬宇宙空间，并如蒙田[1]所言，对无限充满渴望，却始终困囿于人类自身的可怜命运，一边拼命挣脱，一边又深陷其中。

自1830年以来，法国陷入一种荒唐的现实主义狂热。普选制的"绝对正确"即将取代教皇无误论，成为一种新的信条。如今，武力决定一切，人数决定正义，大众的意志取代了神权的地位、天赋的神圣和智慧的至尊。在古代，胜利即正义，是诸神赐予的，人们将这视为信仰。奴隶鄙视自己，正如鄙视其主人。

---

[1] 蒙田，法国著名思想家、散文家，以《随笔集》闻名。其作品对莎士比亚及后世的法国文学都有深远影响。

在中世纪，人们逆来顺受，甘愿承担亚当的诅咒（说实话，我相信这一诅咒的真实性）。整整十五个世纪都在上演着耶稣受难的悲剧，每一代人都被钉上十字架。但如今，人类已经被折磨得筋疲力尽，似乎即将沉溺于感官的麻木之中，就像一个从假面舞会放纵归来的娼妓，醉意蒙眬地躺在马车软垫上。她半梦半醒，只觉得车厢的靠垫格外柔软舒适。街道上巡逻的宪兵挥舞着马刀，这让她觉得心安，因为她确信，他们能保护她，不让那些嘲笑她的小混混儿伤到她。

无论是共和制还是君主制，我们短时间内都无法摆脱这种困境。这是几代人共同造成的结果，从德·迈斯特[1]到昂方坦神父[2]以来，所有人都参与、推动了这种结果的产生。而共和派在这其中所起的作用，甚至比其他人更大。说到底，平等不正是对一切自由、一切卓越乃至自然本身的否定吗？平等即奴役。

---

[1] 德·迈斯特，法国保守主义思想家、作家、外交官。法国大革命之后，曾为阶级社会与君主制辩护。
[2] 昂方坦神父，法国社会改革家、空想社会主义者、圣西门主义的创始人之一。

所以，我才热爱艺术。至少在艺术的世界里，一切都是自由的。在这个虚构的世界里，你可以尽情释放，人们既是自己的国王，又是自己的臣民；既是行动者，也是承受者；既是祭司，也是牺牲品。艺术没有诸多限制，人类可以是你手下戏耍的木偶，可以被随意摆布，刚一落笔，便叮当作响，就像江湖艺人脚尖踢飞的小铜铃。（我常常借笔报复这一令人厌倦的现实。我曾用自己的笔，一遍又一遍地回味那些美好的事物，让自己在纸上享受美人、财富、旅途。）

我的灵魂是天蓝色的，在晴空下尽情舒展，唯一能限制它的，只有真理的边界。实际上，形式一旦缺失，思想也就不复存在。追寻其一，就是在追寻另一个。它们如同实质与颜色一般，密不可分，正因如此，艺术本身就是真理。所有这些道理，如果浓缩在法兰西学院的二十节课中，定能让我和众多年轻人、权贵人士，以及享有盛誉的女士们一起，被奉为伟人。

在我看来，有一个现象可以证明，艺术已经被彻底遗忘，那就是艺术家的数量正在激增。一座教堂里的唱诗班越庞大，越说明教徒不再虔诚。如今，人们在乎的不是向上帝祷告，也不是如康迪德[1]所言，耕耘自己内心的花园，而是拥有华丽的祭袍。艺术家非但未能带领大众，反而被大众所牵引。

文人比商人要市侩，他们竭尽全力，无所不用其极地迎合"顾客"，还自诩为艺术家，这真是资产阶级气息的极致体现。为了取悦凡俗，贝朗瑞吟唱他轻浮的爱情，拉马丁吟咏着他妻子多愁善感的偏头痛，甚至连雨果都在他的鸿篇巨制中，为迎合大众的口味，高谈阔论关于人类、进步、思想进程，以及其他自己也并不怎么相信的胡言乱语。其他人则降低了自己的野心，例如欧仁·苏[2]为法国赛马俱乐部创作上流社会小说，或者为圣安东尼郊区创作市井小说，例如《巴黎的秘密》。小仲马在一刻钟的时间里，就凭借《茶花女》永远俘获了所有轻浮女子的心。我敢断言，没有

---

1 康迪德，伏尔泰讽刺小说《老实人》中的主人公，自小被乐观主义哲学"驯化"。
2 欧仁·苏，法国小说家，多创作社会批判作品，最早成名的连载小说家之一。

任何剧作家胆敢在林荫大道剧院的舞台上，塑造一个工人小偷的形象，绝对不会。在这里，工人必须是诚实的人，绅士则永远是恶棍。正如在法国人的观念中，年轻姑娘是纯洁的一样，因为母亲们会带她们的女儿去剧院观看演出。因此，我相信以下这条公理是真实可信的，那就是人们喜爱谎言——白天沉溺于谎言，夜晚沉醉于梦境，这便是人类的真实写照。

...

维尔曼[1]对往事的回忆，以及对雨果母亲的描写，都非常出色。

...

我认为，布耶近期不会来巴黎。新的大学规章制度让他一下子损失了一千五百法郎的收入。

凌晨三点的钟声方才敲响，天色微明，炉火已经

---

1 维尔曼，法国著名政治家、作家、文学批评家，多次使用"比较文学"等术语，被誉为"比较文学之父"。

熄灭。我感到寒冷,是时候上床睡觉了。

在我的一生中,曾多少次目睹晨曦那青色的光芒透过窗户洒满房间!从前,在鲁昂,在我主宫医院[1]的小房间里,晨光透过那棵高大的金合欢树;在巴黎东大街上,掠过卢森堡公园;在旅途中,和煦的光洒满马车或轮船……

再见,我亲爱的朋友,我的爱人。

---

[1] 主宫医院,福楼拜的出生地,现已成为法国历史遗迹,作为"福楼拜与医学史博物馆"向公众致敬。

她既想死，又想去巴黎

福楼拜在其最著名的小说《包法利夫人》中，以第一部第六节至第九节，详细描写了爱玛情感的潜在变化。

在与夏尔结婚后，她发现现实生活和自己期待的浪漫天差地别。她内心常常怀念小说中那些波澜壮阔的爱情故事，认为婚姻应该充满激情与波折，而不是眼前平淡无奇的日常。她的心理逐渐转向不满和失落，开始质疑自己的选择。

路易丝·科莱是爱玛的原型，《包法利夫人》中爱玛便是福楼拜将其爱情对象艺术化的经典形象。在此，译者特译出展示爱玛情感变化的关键内容，以供读者对照阅读。

...

她曾读过《保尔与维吉妮》[1]，幻想着那座用竹子搭建的小屋、憨厚的黑人多明戈和忠诚的狗菲代尔。但最让她神往的，还是那种温柔的友谊——会有一个善良的小哥哥，为她攀上比钟楼还高的大树，摘下殷红的果子，或是赤脚跑在沙滩上，为她带来一个鸟巢。

十三岁那年，父亲亲自送她进城，把她送进修道院。他们下榻在圣热尔韦区的一家旅馆，晚餐时用的瓷盘绘着拉瓦利埃尔小姐[2]的故事。那些传奇般的注解，虽然已被刀叉刮出了斑驳的痕迹，但依旧在诉说着宗教的虔诚、心灵的细腻，以及宫廷的辉煌。

刚进修道院的那段日子，她并不觉得枯燥，反而沉浸在修女们的陪伴之中。为了取悦她，修女们会带她穿过一条长长的走廊，经由食堂来到幽静的礼拜堂。

---

1 《保尔与维吉妮》，法国著名作家贝纳丹·德·圣比埃创作的浪漫主义代表小说。
2 拉瓦利埃尔小姐，路易十四早年的情人，在修道院度过余生。其形象多次被后世作家借用，如大仲马《布拉热洛纳子爵》。

课间休息时，她很少参与游戏，却能熟练掌握教理问答的内容。每当神父抛出难题，总是她第一个答上来。她终日生活在教室温暖的空气中，身边是一群肤色苍白、胸前垂挂铜制十字架的修女，她渐渐沉醉于弥漫在空气中的神秘魅力——圣坛飘散出的馥郁熏香、圣水池的清凉气息、烛火微微颤动的光辉。她不再专注于弥撒，而是凝视着书页上那些镶着蓝边的小插画——她喜欢那只病恹恹的羔羊。被利箭穿透的圣心，还有背负十字架、踉跄倒地的可怜耶稣。她试着禁食一天，以示克己；冥思苦想，想要许下某个神圣的誓愿。去忏悔时，她甚至会编造一些无伤大雅的小罪过，只为能在那片阴影里跪得久一些，双手合十，面庞贴近告解窗的格栅，静听神父低声呢喃的训诫。每当布道中提到"未婚夫""天国之爱""永恒的婚姻"，她的心底就涌起一股难以言喻的甜美悸动。

夜晚，在晚祷前，大家要在教室里诵读宗教经典。平日里，内容多是《圣经》的节选或福雷西路斯主教的《讲演录》；到了周日，则改为《基督教真谛》选段，作为一种轻松的消遣。起初，听到这些浪漫主义式的忧伤吟诵，在天地间反复回响时，她的心被深深吸引。如果她的童年是在某个商铺昏暗的后室中度过，或许她会被大自然的诗意所震撼，毕竟那种感受往往是通过文学家的笔触才得以传递。然而，她对乡间的一切过于熟悉，听惯了羊群的叫声，见惯了奶制品和犁铧。对于那样的平静景象，她早已习以为常，反倒更加向往狂野的、变幻莫测的风景。她只喜欢狂风暴雨中的大海，只钟情于废墟间点缀的稀疏绿意。她必须能从事物中获得某种情感的共鸣，无法触动她内心的风景，便成了她眼中无用的存在，被弃之不顾。她的本性并不偏向艺术，而是更倾向于感情的激荡；她渴求的不是画面之美，而是震撼心魄的情感体验。

修道院里有一位老姑娘，每个月来这里待上八天，做些缝补工作。她是个古老贵族的后裔，家族在大革命时败落，如今得到大主教的庇护。她与修女们在餐厅共进午餐，饭后还会和她们闲聊片刻，然后再回去工作。寄宿生们经常趁课间溜出来看她。她能背诵上个世纪风靡一时的情歌，一边穿针引线，一边低声哼唱；她会讲有趣的故事，带来城里的新闻，甚至为大家跑腿办事；她的围裙口袋里总是放着小说，会偷偷借给年龄较大的女孩看，她自己也会在工作的间隙，津津有味地读上几章。这些小说无非是讲爱情中的男女，被迫害的贵妇在孤独的亭台中晕倒，每个驿站都有被杀害的车夫，每一页都有精疲力竭的马匹、阴暗的森林、内心的烦恼、誓言、啜泣、眼泪和亲吻、月光下的轻舟、小树林里的夜莺……男主角们勇猛如狮，又温柔似羔羊，品格高尚得近乎虚构，总是衣冠楚楚，哭泣时又泪如泉涌。

就这样，十五岁那年，整整六个月里，爱玛沉浸于这类旧书店里淘来的陈年言情小说。后来，她又读起了沃尔特·司各特[1]的作品，爱上了历史题材，幻想着古老的箱柜、卫兵室和吟游诗人。她渴望生活在古老的庄园里，像那些穿着紧身长裙的女庄园主一样，在三叶形拱顶下安坐，手肘支在石台上，托着下巴，痴痴地望向乡野深处，等着某位身穿白羽披风的骑士策马飞奔而来。

---

[1] 沃尔特·司各特，英国小说家、诗人、历史学家。浪漫主义的代表人物之一，历史小说体裁的创始人。

那段时间，她崇拜玛丽·斯图亚特[1]，并对那些著名或不幸的传奇女性抱有热烈的敬意。对她而言，圣女贞德、爱洛伊丝、阿涅丝·索雷尔、美丽的费隆妮叶和克莱门斯·伊索尔[2]，就像彗星般划破幽暗的历史长河；圣路易和他的橡树、临终的巴雅尔、路易十一的残暴行径、圣巴托洛缪大屠杀的一角、贝恩人的翎羽[3]，以及经久不忘的——那些盘子上描绘的路易十四的丰功伟绩，则零星地散布在历史长河的暗处，彼此之间毫

---

1 玛丽·斯图亚特，苏格兰女王、法国王后，被囚禁多年，后以企图谋杀伊丽莎白一世的罪名被处死。

2 圣女贞德，法国中世纪后期的军事将领，英法百年战争中的重要人物，被誉为法国的民族英雄、国家象征；爱洛伊丝，法国修女、哲学家、作家，因与神学家阿贝拉尔的恋情和通信而闻名于历史和流行文化；阿涅丝·索雷尔，查理七世的情人，有"法国史上最美的女人"之称；费隆妮叶，具体身份无定论，其形象见于达·芬奇著名画作《美丽的费隆妮叶夫人》；克莱门斯·伊索尔，常与法国图卢兹诗歌学院（欧洲最古老的文学协会之一）的创立联系在一起。

3 圣路易，法国历史上以虔诚和公正著称的国王，据传他在一棵橡树下主持正义；巴雅尔，法国文艺复兴时期的著名骑士，在战斗中英勇牺牲，坚持面对敌人而死，拒绝屈服；路易十一，以权谋和残酷著称的法国国王，常被视为专制君主的代表；圣巴托洛缪大屠杀，法国宗教战争期间天主教徒对新教徒的大规模屠杀事件；贝恩人，此处可能指法国波旁王朝创始人亨利四世，他常戴有装饰着翎羽的帽子。

无关联，闪着忽明忽暗的光。

在音乐课上，她唱的那些浪漫小曲里，尽是些长着金色翅膀的小天使、圣母玛利亚、潟湖、贡多拉[1]船夫之类的意象，这些无害的曲子风格幼稚、曲调轻浮，却让她隐约瞥见了情感世界中那迷人的幻象。

一些同学会带来她们新年收到的纪念册。这些纪念册得偷偷藏起来，在宿舍里悄悄阅读，这对她们来说可是件麻烦事。她小心翼翼地翻动那些缎面包装的书，目光陶醉地凝视着书页底部那些陌生作者的名字，他们大多冠有伯爵或子爵的头衔，让人心生敬畏。

她的呼吸轻轻拂过裱画上的薄纱纸，纱纸微微掀起，又缓缓落回书页上。画面中，阳台的雕花栏杆之后，一位身披短斗篷的年轻男子紧紧拥抱着一位身穿白色长裙、腰间系着施舍袋的年轻女子；又或是一张张无名的英国淑女的画像，她们金色的卷发垂落肩头，

---

[1] 威尼斯坐落在意大利亚得里亚海北端潟湖的中心，贡多拉是威尼斯特有且最具代表性的传统划船。

戴着圆形草帽，用明亮的大眼睛凝视世人。有的则描绘她们坐着马车，缓缓穿越公园，灵巧的猎犬在马车前跑来跑去，两个穿着白色马裤的小马童驱赶着马车。还有些淑女倚在沙发上沉思，身旁放着一封拆开的信，透过黑色窗帘遮挡着的半掩窗户，凝望月色。天真烂漫的少女，脸上挂着泪珠，隔着哥特式鸟笼的栏杆抚摸着斑鸠，抑或面带微笑，侧首倚肩，轻轻摘下雏菊的花瓣，纤细的手指弯翘如波兰那鞋[1]尖。还有吸着长烟斗的苏丹[2]，在凉棚下与舞姬们缠绵；佩有土耳其弯刀，头顶希腊帽子的异教徒；最奇幻的异域风景——苍白的天空下，棕榈树、冷杉不一而足，右边的老虎、左边的狮子，远方天际耸立着鞑靼尖塔，近处则是残破的罗马废墟，还有蹲伏的骆驼——一切都被规整地框进一片洁净的原始森林，一束笔直的日光照射在水面上，带起浮动的光影，灰蓝色的水面上，远远地显现出白色天鹅的身影。

---

1 波兰那鞋，法语名为 poulaine，意为"来自波兰"，鞋头又尖又长，是休闲和奢侈的标志。
2 苏丹，某些穆斯林国家统治者的称号。

爱玛头顶上方墙壁上的油灯灯罩聚着柔光，照亮了她眼前流转的画面——一个个世界，画幅般滑过她的眼前，宿舍静悄悄的，远处，晚归的马车走过林荫，车轮声若有似无地回响。

母亲去世后的头几天，她哭得很伤心。她用母亲的头发制作了一幅纪念画，在寄给贝尔托家的信中，写满对人生的悲伤感叹，甚至要求将来和母亲葬在同一座坟墓里。老人家以为她病了，特意赶来看望她。爱玛内心感到很满足，因为她觉得自己一下子就达到了那种苍白人生的罕见境界，那是平庸之辈永远无法企及的。于是，她任由自己沉溺于拉马丁式的曲径，聆听湖面上的竖琴声、垂死天鹅的悲鸣、落叶飘零的哀歌，以及纯洁的少女升入天堂，天父永恒的声音在山谷间回荡。她开始感到厌倦，却不肯承认，最初是出于习惯，后来出于虚荣，她强迫自己沉浸其中。直到某一天，她惊讶地发现自己平静了下来，内心不再悲伤，额角也不再有半丝愁容。

那些曾寄望她虔诚向善的修女们，惊讶地发现鲁奥小姐似乎要挣脱她们的关怀了。事实上，她们已经倾注了很多心血，安排她参加弥撒、静修、九日敬礼[1]、布道，苦口婆心地宣讲对圣徒和殉道者应怀有尊敬之心，谆谆教诲她应当克制欲望，使灵魂得到救赎。而她就像一匹被紧拉缰绳的马，猛然停步，连嚼子都从口中脱落。这个在狂热中仍保持理性的灵魂，曾因教堂的花朵爱上宗教，因歌词的柔情而沉迷音乐，因文学的激情而心潮澎湃。可当信仰的神秘性摆在她面前时，她表示抗拒，甚至对森严的戒律感到厌恶，那种规则与她的天性格格不入。当她的父亲把她从寄宿学校接走时，人们没有为她的离去感到惋惜。院长甚至发觉，她在最近一段时间里，对修道院越来越缺乏敬意。

回到家后，爱玛起初还对指挥仆人感到几分乐趣，但很快就厌倦了乡村生活，开始怀念修道院。夏尔第一次来到贝尔托时，她自以为已看尽世事，再没什么可以学习，也没有什么值得感受。

---

[1] 九日敬礼，天主教传统中常见的祈祷仪式，教徒通过持续九天的祈祷、冥想和反思，来祈求特定的恩典、表达感恩等。

然而，一种对新生活的渴求，抑或是这个男人的出现引起的刺激，让她开始相信，她终于拥有了那种不可思议的激情——这种激情此前一直像一只长有粉红色羽翼的巨大鸟儿，在诗意天空的光辉中翱翔，可望而不可即。而如今，她简直无法想象——她所拥有的这种平静，竟是她曾经梦想过的幸福。

...

她有时会想，这大概就是她人生中最美好的日子——所谓的"蜜月"。想要真正品味这段日子的甜蜜，或许她该去往那些名字动听的遥远国度，在那里，婚后时光总是慵懒而迷人！坐在驿车里，蓝色丝绸的窗帘遮挡阳光，车轮缓缓碾过陡峭的山路，驿夫的歌声在山间回荡，和着山羊脖颈上的铃铛声和瀑布的喧嚣。黄昏时分，在海湾边呼吸柠檬树的芬芳；夜幕降临，在别墅的露台上，十指相扣，仰望星空，编织着未来的梦。她深信，世间总有些地方能孕育幸福，就像某些植物唯有扎根于特定的土壤才能茁壮成长，换了环境便会枯萎。要是能倚靠在瑞士小木屋的阳台上，或者将自己的悲伤锁进苏格兰的农舍里，身边伴着一位身穿黑色天鹅绒长礼服、脚蹬柔软长靴、头戴尖顶帽、衣袖缀着蕾丝的丈夫，那该多好啊！

或许她会渴望向某人倾诉这些心事。但这种难以捉摸的、变幻莫测的苦闷，该如何诉说？它如流云般飘忽，像疾风般旋转，实在难以言表。她缺少言语、缺少机会，也缺少勇气。

然而，如果夏尔愿意，如果他能有所察觉，如果他的目光哪怕只有一次触及她的内心，她相信，自己心中那股郁结已久的情感将会倾泻而出，如同一串成熟的果实，只需轻轻一碰，便会纷纷坠落。但现实是，他们的生活愈加紧密，她的心愈加远离。

夏尔的谈吐像满是灰尘的人行道，平整、单调，乏味得连一丝起伏都没有，千篇一律的庸常思想在上面依次走过，激不起任何情绪、笑声或遐想。他说自己住在鲁昂时，对去剧院看巴黎演员的表演毫无兴趣。他既不会游泳，也不会击剑，更不会射击，有一次，她在一部小说中看到一个马术术语，他竟然一点儿都不了解。

可一个真正的男人，难道不应该博学多才、精通世事，在各种活动中都出类拔萃，能引导你领略激情的炽热，揭开生命的奥秘吗？但夏尔呢？这个人什么都教不了她，什么都不知道，甚至什么都不渴望。他以为她很幸福。而正是这份稳如泰山的平静、这种厚重沉闷的满足，甚至是她带给他的幸福本身，让她心生怨怼。

她有时会画画。而对于夏尔来说，最大的乐趣就是站在那里，静静地看着她伏在画板上，眯着眼睛端详她的作品，或者用拇指搓弄面包屑团[1]。至于钢琴，他的惊叹只取决于她指尖的速度——手指在琴键上飞舞得越快，他就越是陶醉。她果断地敲击着琴键，从高音一路弹到低音，手指触遍整个键盘。那架年久失修、吱吱作响的老钢琴，在她手下震颤不已。如果窗户开着，琴声甚至能传到村子的尽头。常有个法警书记员途经大路，光着头、穿着拖鞋，手里还拿着文件，听到琴声便会驻足倾听。

---

[1] 在橡皮出现之前，人们用面包或海绵擦除铅笔痕。

此外，爱玛懂得如何持家。她替丈夫将出诊的账单寄给病人，信写得委婉得体，丝毫没有催款的生硬感。每当星期天家里有邻居来做客时，她总能想办法端上一道道精致的菜肴，将青梅堆成金字塔状，衬上几片葡萄叶，又或者将装果酱罐倒扣在盘子里，甚至还提到要买些玻璃杯来盛甜点。这一切都让包法利在外人眼中颇为体面。

夏尔也因为拥有这样一位妻子而更加自得。他满怀骄傲地在客厅里挂了两幅爱玛的铅笔素描，还特意装进宽大的画框里，用长长的绿色丝带挂在墙上，指给人看。弥撒结束后，人们常能看到他站在家门口，脚蹬一双花哨的刺绣拖鞋，悠然自得。

他常常很晚回家，有时是十点，甚至午夜。他一回来就要吃饭，由于女仆早已睡下，便由爱玛亲自伺候。他脱下外套，好让自己吃得更自在。接着，他会一个接一个地讲述自己遇到的所有人和事，以及去过的村庄、开出的处方；然后，他心满意足地吃着剩下的炖牛肉，剥开奶酪皮，啃一只苹果，喝干壶里的最后一滴水，接着就去睡觉，仰面一躺，鼾声大作。

他长期习惯戴棉睡帽,包头巾总是罩不住耳朵。因此,每天早晨,他的头发总是乱糟糟地垂在脸上,还粘上了枕头的绒毛,染上一层白色,枕绳总是在夜里松开。他总穿一双厚重的靴子,靴背处有两道厚厚的褶皱,斜着延伸至脚踝处,靴面其他部分则笔直地绷紧,仿佛里面塞着一块木头。他说:"这在乡下已经足够好了。"

他的母亲对他的这种节俭极为赞同;她还是像过去那样,在家里发生了不顺心的事情后,就跑来看望他。然而,老包法利太太对她的儿媳始终抱有偏见。在她看来,爱玛的做派完全超出了他们这等家境所能承受的限度——木柴、糖和蜡烛消耗得跟大户人家一样,厨房里烧掉的煤炭,足够做上二十五道菜肴!她亲自帮忙整理衣柜里的衣物,还教她如何监督肉铺老板送肉。爱玛接受着这些教诲,老包法利太太则乐此不疲地施教。两个人整日互称"我的女儿"和"我的母亲",语调温柔,嘴角却不住地微微颤抖,甜言蜜语里裹挟着隐藏的怒意。

在杜布克太太(夏尔的前妻)在世时,老妇人还觉得自己是家里的第一位。但现在,夏尔对爱玛的爱在她看来,简直是一场背叛,是对她应得之爱的侵占。她默默地注视着儿子的幸福,神色忧郁,像一个被逐出家门的破产者,透过玻璃窗望着陌生人坐在自己昔日的宅邸里觥筹交错。她不时以回忆的方式,提醒夏尔——她的辛劳和牺牲,并将这些与爱玛的疏忽大意相比较,最终得出结论:他如此专一地宠爱着爱玛,未免不够明智。

夏尔对此无言以对。他尊敬母亲,又深爱妻子;在他眼里,母亲的判断绝对可靠,然而,他又觉得妻子无可挑剔。每当母亲离开后,他会试探性地,小心翼翼地照搬复述母亲最无伤大雅的意见。然而,爱玛只消一句话,就轻而易举地证明他的错误,然后把他打发去照顾病人。

不过,爱玛基于她自认为正确的理论,试图去"培养"对夏尔的爱。在月光下,在花园里,她背诵那些记得最熟的情诗,一面叹息,一面吟唱忧郁的慢调。但一切过后,她发现自己仍然和之前一样平静,而夏尔看上去既没有更加爱她,也没有被感动。

她就这样不断敲击自己内心的火石,却始终没能迸发出哪怕一丝火花;她无法理解自己未曾感受过的情感,就像无法相信那些没有以传统形式表现的事物一样。于是,她轻易地就说服自己,夏尔的爱没有什么特别之处。他的温存变得有规律可循,亲吻总在固定时间落下——这已经成了一种习惯,就像是一顿平淡无奇的晚餐后,按部就班端上的甜点。

一位被包法利先生治好了胸膜炎的猎场看守,送给太太一只意大利小猎犬作为谢礼;她偶尔会牵着它出门散步,只为了能独自待一会儿,逃离一成不变的花园和尘土飞扬的大路。

她常去巴讷维尔的山毛榉林,田野一侧的墙角处有一座废弃的凉亭。一边的壕沟杂草丛生,长着许多叶片锋利的芦苇。

每次到这里,她总要先环顾四周,看看这里和上次相比,是否有什么变化。毛地黄和桂枝香依然在老地方，大块的石头被荨麻丛环绕，沿着三扇窗户的墙壁上布满了苔藓，紧闭的百叶窗在锈迹斑斑的铁条上腐烂、剥落。她的思绪起初如小猎犬一样漫无目的地随意游荡——它在田野里兜着圈子，朝着黄色的蝴蝶叫个不停，追逐着鼩鼱，或是啃咬麦田边上的罂粟花。渐渐地，她的念头开始凝聚，随即坐在草地上，用阳伞尖轻轻戳弄地面，反复问自己："天啊！我究竟是为了什么结婚呢？"

她自问，如果命运稍做安排，她有没有可能在机缘巧合之下，遇到另一个男人；她努力想象那些未曾发生的际遇，那种截然不同的生活，那个陌生的但本可能属于自己的丈夫。世上没有男人像他一样，他应该英俊、风趣、优雅、迷人，就像她的那些修道院里的老同学嫁的丈夫那样。她们此刻在做什么呢？在城市里，伴随着街道的喧嚣、剧院的嗡鸣、舞会的灯火，她们心胸开阔、感官舒展。而她呢，她的生活像天窗朝北的阁楼一样寒冷，无聊像一只沉默的蜘蛛，在她内心幽暗的角落悄然织网。她回忆起颁奖的日子——她登上领奖台，去领取自己的小小桂冠。她扎着辫子，穿着白色连衣裙,脚蹬黑色开口绒面鞋,姿态非常可爱,绅士们在她回到座位时,倾身向她表示祝贺;院子里停满了马车,人们在车门边同她道别;音乐老师拿着他的小提琴盒,边走边向她点头致意。这一切是多么遥远!多么遥远啊……

她唤回小狗加里,将它抱在膝间,摸着它修长纤细的头,对它说:"来吧,亲亲你的女主人,你这个无忧无虑的小家伙!"小狗慢吞吞地打着哈欠,看着它慵懒的神情,她感到一阵怜爱,不禁将它与自己相比,自顾自地对它说话,就像是在安慰一个悲伤的人。

有时,一阵来自大海的狂风呼啸而来,在科地高原上猛然腾起,带着咸味的新鲜空气直扑田野。灯芯草伏在地面簌簌作响,山毛榉的叶片在惊慌中发出沙沙声,而树梢则依旧摇曳不止,对她沉沉地耳语。爱玛裹紧身上的披肩,站起身来。

林荫道上,透过树叶的缝隙,柔和的绿光洒落在地面细密的青苔上,她的脚下发出轻微的碎裂声。夕阳西下，树杈间的天空燃烧成炽热的红色，成排的树木宛如棕色的廊柱，在金色的背景上投下阴影；一种无名的恐惧攫住了她，她连忙呼唤加里，沿着大路匆匆赶回托斯特，倒进扶手椅，整个晚上都未发一言。

…

她常常在夏尔外出时打开衣柜，从叠好的衣物之间，取出那只绿色丝绸雪茄盒。

她端详着它，开了又开，甚至嗅了袖衬里残存的味道：一股马鞭草和烟草混杂的味道。这雪茄盒究竟是谁的呢？……是子爵的。或许是他的情人送给他的礼物。说不定是她用某张檀木绷子，一针一线绣出来的。绷子这种精巧的小家具，平时藏在不被人看见的角落，承载了无数的时光，刺绣者柔软的卷发下，爱的气息在底布的针眼中飘过；每一针、每一线，都绣下一份期盼、一段回忆。交错的丝线，延续着同一份沉默的热情。而后，在某个清晨，子爵带走了它，放在宽大的壁炉架上、花瓶和蓬帕杜式[1]时钟之间时,人们围坐在壁炉边,谈笑风生,他们都谈论了些什么呢?她不在场,而是在托斯特。而他在巴黎,在巴黎!巴黎是什么样的呢?它名气多大!她低声重复着这个名字,仿佛在咀嚼一个神秘而甜美的词汇。它在她耳边回荡,如同教堂沉郁的钟声;它在她眼前闪耀,她润肤膏罐子的标签俨然成了巴黎的化身,变得光芒四射。

夜晚,贩鱼商驾着马车从她窗下经过,唱着墨角兰的歌,她从梦中惊醒;听到马蹄与铁轮碾过石板的声响,直到马车驶出村庄,声音渐渐在泥土地消散:"他们明天就会到达那里",她自言自语道。她在想象中追随他们,上山下岭、穿过村庄,在星光下沿着大路疾驰。然而,在一段似近似远的道路之后,她的想象抵达某个模糊不清的边界,梦境便在那里消散。

---

1 蓬帕杜,路易十五的情人,王宫"鹿苑"的总管,对于建筑与装饰艺术的鉴赏力极佳,引领了蓬帕杜风格在建筑、发型、饰品等多个领域的风行。

她买了一份巴黎地图，用指尖在地图上游走，模拟在首都漫游的路线。她沿着林荫大道前行，在每个街角逗留，驻足在街道之间代表房屋的白色方块前。看得疲倦了，她便闭上双眼，在眼前的黑暗中，看到煤气灯在风中摇曳，马车的脚踏板在剧院柱廊前轰然放下。

她订阅了女性杂志《时尚花篮》和《沙龙精灵》，如饥似渴地阅读着上面的每一篇文章——新剧首演的报道、赛马场上的逸事、晚会的盛况，对新近崭露头角的女歌唱家、某家商店的开张都饶有兴致。她熟知巴黎最新的时尚潮流、知名裁缝的地址，甚至知道哪些日子该去布洛涅森林、哪些夜晚适合去歌剧院。她揣摩欧仁·苏的作品中家具陈设的描写，她阅读巴尔扎克和乔治·桑的作品，在其中寻找精神的慰藉，填补她内心无处安放的渴望。她甚至在餐桌上，也捧着书翻看，夏尔一边吃饭，一边同她说话。读书时，她总是不自觉地想到子爵。在书中，她不断与他建立联系，把他投射到那些虚构的角色之间，然而，渐渐地，他的形象开始模糊，不再是她幻想的唯一焦点，以他为中心的圈子逐渐扩大,环绕着他的光晕逐渐散开,映照出更遥远、更缥缈的梦境。

因此,在爱玛眼中,巴黎如同一片比海洋更辽阔、更迷离的环境,在玫瑰色的氤氲中闪耀着光芒。在这喧嚣中涌动的熙熙攘攘的众生,纷繁芜杂的现实被分割成不同的部分,爱玛只看到了其中的两三个,便以为它们代表了全人类。

首先是外交家们的世界,他们踩在光可鉴人的地板上,穿行于四面镶着镜子的客厅里,在铺着金穗天鹅绒布的椭圆桌子旁。在这里,曳地的礼服摩挲着大理石地面,暗藏着重大的秘密,人们用微笑掩饰焦虑。其次是公爵夫人们的社交圈,这里的人们面色苍白,下午四点才起床。女人们,可怜的天使们——她们在裙摆上缀满英吉利花边;男人们,他们看似轻浮的外表下有着不为人知的才华,为了消遣,不惜累死马匹,去巴登度过夏日,在大约四十岁的时候,随意娶一位女继承人,安然步入世俗的庸常。最后是餐馆的包间里,烛光辉映下,文人和女演员们肆意欢笑,像王侯一样挥金如土,满腔理想化的抱负和绮丽的幻想。

那是一种悬浮于尘世之上的生活，游离于现实与梦境、狂风暴雨之间，狂热又崇高。至于其他芸芸众生，他们仿佛不复存在，没有明确的位置，根本不值得她的关注。越是贴近她的事物，她越感到厌恶。她身边的一切——令人厌倦的乡村、愚蠢的小市民、琐碎而平庸的生活，在她看来，都是一种例外，是她个人的不幸，是命运的荒谬玩笑。在她心中，现实之外，才是充满幸福和激情的广阔国度。人生真正的意义在那里展开。她在渴望中混淆了奢侈的感官享受与真正的精神愉悦，误以为优雅的生活方式是细腻的情感表达。难道爱情不应该像印度的植物一样，需要专门调制的土壤与特殊的气候才能盛放吗？月光下的叹息、漫长的拥抱、滴落在指尖的眼泪、欲望的狂热和温柔的眷恋，怎么能和柴米油盐的现实相提并论？它们不都与那些终日悠闲的宏伟城堡的阳台、丝绸帘幕掩映的闺房、厚实的地毯、满是鲜花的盆景、高踞台阶上的床榻，以及宝石和仆从服饰上饰带的光芒密不可分吗？

每天早晨，驿站学徒穿着沉重的木底鞋穿过长廊，来照料马匹；他的罩衫破了洞；光脚穿着破旧的鞋。

这是她唯一能拥有的"短裤马夫"！做完活儿后，他一天都不会再来，因为夏尔回家后，会亲自将马牵到马厩里，取下马鞍，套上缰绳，女仆则会抱来一捆稻草，使劲儿扔进马槽里。

娜塔西泪流满面地离开了托斯特，爱玛雇用了一位十四岁的年轻女孩代替她，她是个孤儿，面相善良。爱玛不允许她戴棉布帽，教导她用第三人称回话、端水时必须使用托盘、进门前要敲门，还教她熨烫、浆洗、伺候爱玛穿衣，爱玛想要把她培养成自己的贴身女仆。新的女仆为了不被辞退，顺从地接受一切；爱玛常常把食物柜的钥匙留在外面，她每天晚上都会偷偷拿一点儿糖，做完祷告，在床上独自享用。

下午有时候，她会到对面和驿站的车夫们闲聊。太太则待在楼上的房间里。

爱玛穿着一件敞口晨衣，披肩式领口间露出带有三颗金纽扣的打褶衬衫。她的腰带是一根坠有粗穗流苏的丝绳，那双石榴红的绣花拖鞋缀着宽大的丝带，在脚背上绽出一朵花。她为自己买了一本吸墨纸、一套信纸、一支鹅毛笔和一些信封,尽管她没有什么人可以写信;她掸掉书架上的灰尘,对着镜子打量自己,拿起一本书,读着读着便陷入遐想,任书滑落到膝盖上。她渴望去旅行,或者重返修道院。她既想死,又想去巴黎。

夏尔风里来、雨里去,在泥泞难行的小路上策马奔波。他在农舍的餐桌边吃煎蛋卷;将胳膊伸进潮湿的被褥,给病人放血,温热的血溅到脸上;听垂死的病人的喉鸣;低头检查痰盂;掀起一件件沾满污渍的衣服。但每天晚上回家,他都能看到家中燃着熊熊炉火、摆放好餐具的餐桌、令人舒适的家具,以及一位衣着精致、娇媚可人的妻子,她的身上散发着清新的香气,他也不知道这香气从何而来,说不定是她的肌肤熏香了衣衫。

她用许多精致的细节使他着迷:有时为烛台折出新颖别致的纸套,有时是连衣裙换上一道新花边,甚至只是随口为一道非常简单的菜肴取个不同的名字,哪怕这道菜女仆做得不好,夏尔也会欣然吃下。她在鲁昂看到有女士在怀表上挂着一串小巧的饰品,便也立即效仿；她想要在壁炉架上摆放两只硕大的蓝色玻璃花瓶，过了一阵儿，又想要一套象牙梳妆盒、一个镀银顶针。夏尔越不懂这些精致的物品，越不由自主地沉迷其中。它们为他的感官增添了新的享受，让他的小家更显温馨，仿佛一层金色的微尘，细细洒满了他平凡人生的小径。

他身体很好，气色也不错；声誉也已完全确立。乡下人爱戴他，因为他不摆架子。他会爱抚孩子们，从不流连酒馆，品德也尤其令人信赖。他最擅长治疗呼吸道黏膜炎和各类胸部疾病。夏尔非常害怕误人性命，因此，开的药方总是以镇静剂为主，偶尔开些催吐剂，或者用泡脚或放血疗法。他倒不是害怕外科手术，因为他给别人放血时毫不手软，就像给马放血一样；拔牙的手劲儿也大得惊人，直叫人怀疑他握的不是镊子，而是一把铁钳。

为了与时俱进，他订阅了一份刚创刊的新杂志《医学之蜂》，因为收到过它的宣传册。晚饭后，他会读几页，但房间的暖意和饭后消化的困倦，使得他不到五分钟就睡着了；他仍然保持着那个姿势，一双手托着下巴，鬃毛般的头发披散下来，垂落在灯座旁。爱玛看到他这副模样，耸了耸肩。为什么她连那种沉默寡言，夜以继日地在书本中钻研的男人都没能嫁到呢？他们到了六十岁，哪怕饱受风湿折磨，至少能在不合身的黑色礼服上别上一排排的勋章。她本希望她现在的姓氏——包法利，能够声名显赫，在书店的橱窗陈列，在报纸上被反复提及，为全法国所知。但是夏尔毫无野心！最近的一次会诊中，一位来自伊夫托的医生竟在病人床前，当着所有家属的面，让他有些难堪。晚上，当夏尔向爱玛说起这件事儿，爱玛顿时怒不可遏，大骂那个医生。夏尔感动极了，他含泪吻了吻她的额头。可她羞愤至极，恨不得揍他一顿。她走到过道里打开窗户，呼吸着新鲜空气来平复心情。"怎么会有这种人！这种人！"她咬着嘴唇，低声说道。

此外，他令她愈发感到厌恶。随着年龄的增长，他的举止变得粗俗起来。他会在吃甜点时用刀子削掉空酒瓶的软木塞；饭后，伸出舌头舔牙；喝汤时，每喝一口都会发出咕噜咕噜的声音。而且，他开始发福，原本就小的眼睛，在日渐臃肿的脸颊的衬托下，似乎正被挤向太阳穴。

有时,爱玛会替夏尔把针织衫的红色边缘塞进背心,理一理他的领带,或者随手扔掉他正准备要戴上的褪色手套。而这并不是像夏尔所认为的那样,是出于对他的关心,爱玛是为了她自己,出于烦躁不安,一种自私的神经质的冲动。有时,她也会同他谈起自己读到的东西,比如小说中的一个片段、一出新戏,或是连载专栏中的上流社会逸事;不管怎么说,夏尔至少能做个听众,还能时不时地应声。她经常向自己的小猎犬倾诉心事,甚至会对着壁炉里的木柴和挂钟的摆锤倾诉。

然而,在她灵魂的深处,始终期待着某个意外的发生。她像一个困于荒海的水手,目光在生活的荒漠中四处搜寻,在雾蒙蒙的远方寻找白色的帆影。她不知道那会是怎样的际遇,会是什么风把它吹来她身边,把她带向哪个彼岸,是一艘孤零零的小艇,还是满载幸福或苦闷的三层甲板大船。但每天清晨醒来,她都抱有期待,细听周围的所有声响,猛地起身,纳闷它为什么还没有到来。于是,她的希望又随着夕阳沉落,只能把期待寄托在明天。

春天再次降临。梨树开花时,有些炎热的天气使她感到呼吸困难。

从七月初开始,她就掰着手指计算距离十月到底还有多少个星期,心想昂德维利耶侯爵也许会在沃比耶萨城堡再次举办舞会。然而,整个九月都过去了,她既没有收到信件,也没有人来访。

失望之余,她的心再次空荡荡的,日子又恢复了机械的重复。

日子就这样不断地重复,一天接一天,毫无变化,无穷无尽,而且什么也不带来!别人的生活,无论多么平淡,至少也有机会遇到一些意外。哪怕是一个再微不足道的偶然事件,也可能引出无数变化,改变生活的面貌。但上天的安排让她什么都遇不到。未来宛如一条漆黑的走廊,而尽头的门被紧紧地封死住。

她不再弹钢琴。弹奏有什么意义呢?谁会来听?

既然她注定永远无法身穿短袖天鹅绒礼服，在音乐会上弹奏一架艾拉钢琴，让纤细的手指在象牙琴键上轻快地跳跃，既然她无法感受到四周环绕的赞叹低语，如同微风拂过，那又何必费力去学习呢？她将画夹和刺绣活计都丢进了衣柜里。有什么意义呢！有什么用呢！针线活儿也让她心烦意乱。"我什么书都读过了。"她自言自语道，于是呆坐着，看着壁炉钳在火光中被烤得通红，或者看着窗外的雨水落下。

星期天，晚祷的钟声响起时，她的悲伤便更加浓烈！她呆呆地听着钟声一下一下在响，屋顶上，一只猫慢慢地走着，在苍白的阳光下弓起背脊。大路上，风卷起阵阵尘土。远处偶尔传来狗的嚎叫声；而钟声，那单调、缓慢、毫无变化的钟声，按均匀的节拍，持续响动，一点点消散在乡野中。

教堂里的人散了，女人们穿着上了蜡的木套鞋，男人们穿着崭新的布衫，小孩儿们光着头，蹦蹦跳跳地走在他们前面，都各自回家了。直到夜幕降临，仍有五六个男人，总是这几个熟面孔，还聚集在客店的大门前玩滚木塞游戏。

冬日寒冷。每天早晨，窗玻璃上都结满了霜花，透过这层冰冷的白，世界模糊得像隔着一扇磨砂玻璃，有时甚至整天都不见光线变化。下午四点开始，屋里就必须点灯了。

天气晴朗的日子，她会下楼来到花园。露水在卷心菜叶上留下了银色的花边，几缕细长的丝线从一片叶子延伸到另一片叶子。一切仿佛沉睡着，连鸟鸣都听不见，草盖住墙边的果树，葡萄藤像一条生病的大蛇，蜷缩在墙檐的庇护下，走近了，可以看到许多鼠妇拖着众多的足在缓慢爬行。云杉底下，靠近树篱的地方，戴着三角帽、正在阅读祷告书的神父雕像，已经失去了右脚，脸上的石膏也在寒霜的侵蚀下裂开了一片片白色的斑痕。

随后她会上楼，关上屋门，拨弄起壁炉里的炭火，炉火的热气让她感到阵阵倦怠。她本想下楼和女仆聊聊天，但某种莫名的羞耻感阻止了她。

每天在同一时间，戴着黑色丝绒帽的教师会打开他家的护窗板；巡警身穿工作服，佩着军刀走过街道。早晚，驿站的马匹成群经过，它们三匹一组，穿过街道去池塘边饮水。小酒馆的门铃会时不时地发出叮当的响声；每当风起，理发店的铜制招牌——铁杆上挂着的两个小铜盆就发出吱吱的声响。理发店的装饰窗玻璃上有一张老旧时尚版画，还有一个蜡制的黄发女人半身像。理发师也在哀叹自己的命运，抱怨理发这一行前途黯淡，梦想着在某个大城市开一家店，比如在鲁昂，将店开在港口边，或靠近剧院的地方。但现实是，他整天走来走去，从市政厅一直走到教堂，来回踱步，等待着顾客。包法利太太抬起头时，总是能看到他站在那里，像一个站岗的哨兵，歪戴着希腊式帽，穿着粗呢夹克。

有时在下午，一张男人的脸会出现在客厅的窗外，他晒得黝黑，留着黑色的络腮胡子，自在地缓缓笑起来，露出一口洁白的牙齿。紧接着，一段华尔兹舞曲便会响起，在风琴的小小的客厅里，一群手指般大小的舞者旋转起来：戴着粉红色头巾的女士、穿着短上衣的蒂罗尔人[1]、穿着黑色礼服的猴子,以及穿着短裤的绅士,在扶手椅、沙发和茶几之间旋转,身影映在用金丝连接的镜面中。男人一边摇动手柄,一边左右张望,朝窗外窥探。他不时朝街道的界石吐出一口长长的棕色唾沫,抬起膝盖抵住自己的乐器,风琴的硬皮肩带勒得他肩膀酸痛;他的演奏时而哀怨而拖沓,时而欢快而急促,风琴的音乐从粉红色塔夫绸帘幕后面,从阿拉伯式花纹的铜制格栅下嗡嗡地飘散出来。那是些在剧院里演奏的曲调,在沙龙里演唱的歌曲,在灯火辉煌的枝形吊灯下,人们在夜晚随之起舞的乐曲。这些世界的回声,流淌进爱玛的耳中。无休止的萨拉班德舞曲[2]在她脑海中展开,她的思绪如一名在花毯上翩翩起舞的印度舞姬,随着音符跳跃,从一个幻想跳到另一个幻想,从一场悲哀坠入另一场悲哀。那男人接过人们扔进帽子的钱币后,便会拉下一块旧的蓝色羊毛毯,扛起风琴,迈着沉重的步伐离开。她目送着

---

1 蒂罗尔人,奥地利山民。蒂罗尔州位于阿尔卑斯山之冠,当地居民因而深爱高山,且热爱传统服饰,好歌舞。
2 萨拉班德舞曲,西欧古老舞曲的一种,据传起源于波斯,16世纪末传入法国后,流行于贵族社会。

他离去。

但最让她无法忍受的,还是吃饭的时候,在楼下这间小餐室里,炉子烟雾缭绕,门吱吱作响,墙壁渗水,地砖冰凉潮湿,她觉得人生的所有苦涩都盛放在盘子里;而炖肉升腾的蒸汽,像是一缕缕令人作呕的幻灭感,自她灵魂深处缓缓升起。夏尔吃饭总是慢条斯理;而她只是啃着几颗榛子,或是撑起手肘支着餐桌,用刀尖在油布上留下无意义的划痕。

她渐渐放任家务不管;老包法利太太在四旬斋期间来托斯特小住时,对这种变化感到非常惊讶。曾经那个讲究精致的爱玛,现在却整天不换衣服,穿着灰色的棉袜,点着蜡烛照明。她嘴上说着要节俭,毕竟他们并不富裕,还一再强调自己过得很满足、很幸福。她非常喜欢托斯特——这些话如此陌生,以至于让她的婆婆哑口无言。此外,爱玛似乎不再愿意听从婆婆的建议;有一次,老包法利太太自作主张地声称主人应该监督仆人的宗教信仰,爱玛抬眼看她,目光中燃着寒冷的怒火,嘴角挂着轻蔑的冷笑,老太太吓得再也不敢提起这些事儿了。

爱玛变得挑剔、喜怒无常。她心血来潮地点了特别的菜,却连碰都不碰,有时一天只喝纯牛奶,第二天却又连喝十几杯茶。她常常固执地不肯出门,随后又感到气闷,猛地打开窗户,换上轻薄的连衣裙。她狠狠地训斥了女仆之后,又会给她礼物,或者让她去邻居家串门,偶尔还会把钱包里所有的银币都扔给穷人——尽管她并不是真的心软,也不容易被别人感动,她像大多数农村出身的人一样,灵魂深处总是保留着父辈手掌的粗糙茧子。

二月底的时候,鲁奥老爹为了感谢女婿治好了他的病,亲自给女婿送来了一只肥硕的火鸡,并在托斯特住了三天。夏尔外出看病时,只有爱玛陪着他。他在房间里抽烟,把痰吐在壁炉的火算上,谈论田地、小牛、母牛、家禽和市政委员会,在他离开后,爱玛关上门,感到一种出乎意料的松快。此外,她毫不掩饰自己对任何人、事物的厌倦和轻视;她有时会发表一些不同寻常的观点,批评那些人们赞美的事物,赞同那些堕落或不道德的事情。夏尔听着她的话,吃惊得瞪大了眼睛。

难道这种痛苦就要永无止境地持续下去吗?难道她就无法摆脱它吗?她有什么地方比不上那些生活幸福的人!在沃比耶萨城堡,她曾见过一些公爵夫人,她们的身材比她臃肿,举止也更加粗俗。她痛恨上天的不公,将头靠在墙上哭泣;她羡慕那些喧嚣不羁的生活、那些蒙面的夜晚、那些放肆的快乐,以及所有她没经历过却必定令人快意的迷醉体验。

她脸色苍白、心悸不已。夏尔给她服用了缬草,让她泡了樟脑浴。但这一切尝试似乎只是让她更加烦躁。

有些时候,她话多得惊人,近乎狂热地喋喋不休;但兴奋劲儿过了,就又陷入呆滞的沉默,一言不发、一动不动,像被抽空了一般。唯一能让她重新振作起来的,便是在手臂上洒上一瓶科隆香水。

由于爱玛不停地抱怨托斯特不好,以至于夏尔认为她生病是因为这里环境不好。他执着于这一想法，认真考虑起搬家的事儿。

从那时起，她开始喝醋来减肥，因此患上了轻微的干咳，并且完全失去了食欲。

离开托斯特对夏尔来说是个艰难的决定——毕竟他们在这里住了四年，正刚刚站稳脚跟，但是如果真的非走不可呢？他带她去了鲁昂，找他的老教授问诊。诊断结果是爱玛患了神经系统疾病，确实应该换个环境生活。

夏尔四处打听，得知在讷沙泰勒地区有一个永镇，镇上的医生是一个波兰难民，刚在上周匆匆离开。于是，他写信给当地的药剂师，询问当地的居民数量、最近的同行距离多远、他的前任医生每年能挣多少钱等。回信的内容令他相当满意，于是他决定，如果到春天，爱玛的健康状况还没有好转的话，就搬去那里。

一天，爱玛为搬家做准备时，整理起抽屉，手指被什么东西扎了一下。那是一根她婚礼花束中的铁丝。橙花的蓓蕾早已积满灰尘、变得发黄,银边的缎带也从边缘处开始脱线。她把它扔进了火里。它比干稻草燃烧得更快,瞬间化作一团红色的火焰,在灰烬上慢慢地蜷缩、燃尽。她看着它燃烧。纸板做的小浆果爆裂开来,金属丝扭曲变形,饰带融化,纸质的花冠经火舌舔舐、蜷曲、变黑,最终像一群黑色的蝴蝶,在炉膛里晃荡片刻,顺着烟囱飞走了。

三月,他们离开托斯特时,包法利夫人怀孕了。

威尼斯扶手椅上的蓝色花瓶　1943年
亨利·马蒂斯绘

人们总是渴望那些自己无法拥有的东西，
那些已经拥有的，却变成折磨。